听

风 ◎ 著

光阴

GUANG YIN

以情感为线索
追寻心路历程
过去、现在和未来
从哪里来，到哪里去
人生思考一路光阴同行

中国文联出版社
http://www.clapnet.cn

图书在版编目（CIP）数据

光阴 / 听风著 . -- 北京：中国文联出版社，
2018.9

ISBN 978 - 7 - 5190 - 3936 - 3

Ⅰ.①光… Ⅱ.①听… Ⅲ.①散文集—中国—当代
Ⅳ.①I267

中国版本图书馆 CIP 数据核字（2018）第 225601 号

光阴（GUANGYIN）

作　　者：听　风

出 版 人：朱　庆

终 审 人：奚耀华　　　　　　复 审 人：蒋爱民

责任编辑：胡　笋　　　　　　责任校对：傅泉泽

封面设计：中联华文　　　　　责任印制：陈　晨

出版发行：中国文联出版社

地　　址：北京市朝阳区农展馆南里 10 号，100125

电　　话：010 - 85923039（咨询）85923000（编务）85923020（邮购）

传　　真：010 - 85923000（总编室），010 - 85923020（发行部）

网　　址：http：//www. clapnet. cn　　http：//www. claplus. cn

E - mail：clap@ clapnet. cn　　　hus@ clapnet. cn

印　　刷：三河市华东印刷有限公司

装　　订：三河市华东印刷有限公司

法律顾问：北京市德鸿律师事务所王振勇律师

本书如有破损、缺页、装订错误，请与本社联系调换

开　　本：710 × 1000　　　　　1/16

字　　数：122 千字　　　　　　印　张：10.5

版　　次：2019 年 1 月第 1 版　　印　次：2019 年 1 月第 1 次印刷

书　　号：ISBN 978 - 7 - 5190 - 3936 - 3

定　　价：45.00 元

一个体育学教授的散文写作

张国华教授将他的散文集《光阴》书稿交给我的时候，我多少有点意外。我和他是同事，只知道他在做运动康复的研究，并不知道他还有文学写作的爱好。有一次出差，在动车中一口气读完这部书稿，他的文字的美和力量给我留下深刻的印象。

我把张教授的散文分为两类：一类是回忆性的，在时间的河流中定格某一个有意味的瞬间；另一类是反思性的，在与自然、时代的关联中反思自我的存在。这是两类不同的文字，但都表达了对生命存在的关注，对人生的深切关怀，而我认为这些正是他的散文的魅力所在。

（一）

张教授的回忆性散文，回望的是 20 世纪六七十年代，那是物质生活非常拮据的年代。"每到年关打鱼时，河边比过年都要热闹"，河水被渐渐抽干，"我们站在岸边指指点点，每看到一条大鱼，就发出尖叫声"。大人带着渔具下去捞鱼，"鱼儿们便在残水中乱窜，接龙似的纵身跃起，那场面真是壮观极了！"（《幸福河》）那个时代文化生活也是贫瘠的，如果碰到放映电影，就如同过节一样，清冷的谷场顿时热闹非凡，"小孩的追逐嬉闹声，大人严厉的呵斥声，熟人相遇热情地打着招呼，小商贩们有的支起甘蔗，有的驮来冰棒，高声叫卖着"（《看电影》）。有时候我们会以为只有小说家需要叙事能力，实际上，散文作家同样需要。张教授对细节的关注和选择，以及非常有雕塑感、画面感的文字，可以让那些消逝的岁月活泼地、生动地重现在我们的眼前。自然，散文的叙事在本质上仍然是一种抒情的语言，仍然是在传达作者的感受和情思。就如张的这些文字，我们能够感受到作者对过往岁月的追思和怀念。那个时代贫困、粗暴，但也有温情和快乐，尤其是对于儿童来说，置身于大集体中，有着现在个体经济时代难以体会到的集体狂欢的兴奋。当然，在张教授的追思中，我们还可以体会到夹杂在其中的、一个中年人对于岁月流逝的无可奈何的伤感。

但是，我们不能把张教授的这类散文仅仅理解为表达追思和怀念，如果是这样，这些文字可能是美的，但不会有力量。我可以以他的两篇作品为例谈我的理解和认识。

一篇是《那片紫红花盛开的劳籽地》。主人公是梅，"一个扎着两只羊角辫、整天蹦蹦跳跳着的小女孩，特别疯，特别爱笑，那银铃般的笑声特别清脆动听"。"我"和她生命的交集是在一年春天的午后，我们一群小伙伴在一片盛开的紫云英地捉迷藏，"我"和梅躲在一起，梅悄悄地对"我"说，"我们来学大人吧"，还没有等"我"反应过来，梅在"我"的脸上亲了一口，然后，"咯咯地笑着，起身一溜烟跑开了"。这似乎是一个美好故事的开端，但是结局是悲剧的，大概是一年之后的暑假，"我"亲眼看到，梅溺水死了。

作家讲述的当然不是一个爱情故事——那只是小孩子的游戏。他要表达的是人生的无常，命运的残酷！一个多么美好的生命，她的人生尚未展开就戛然而止。看完这个故事，你的脑子会浮现那个在紫红花盛开的劳籽地疯跑的小女孩，你的内心会隐隐作痛。

另一篇是《堂伯》。"我"的堂伯患了血丝虫病，俗称"牛火腿"，常年拖着一条已经溃烂的、肿得老粗的腿。村里几乎所有的人都嫌弃他，偏偏他又有小偷小摸的坏习惯，更是招人嫌恶。"我"呢，"小时候并不怎么讨厌堂伯"，因为他对"我"好，"每次遇到我时，他脸上必露出笑容——那笑容很特别，讪讪地，又带点媚意"。堂伯这样一个人，在村里当然是可有可无的。"我"外出读书后，也差不多把他忘了。只是有一年暑假，回到家里，听说他快不行了，便去看他，只见"堂伯赤着身，只穿了一条灰色短裤，躺在一堆旧棉絮当中"，已不能说话，听说"我"来看他，"堂伯才缓缓睁开眼，眨了两下，又闭上。缓一会儿，他再次把眼睛开时，我看见眼泪从他干枯的眼角流了出来"。

在讲述堂伯的悲剧人生的时候，我们可以注意到作家的感情态度。堂伯的讨嫌，除了生理的原因，更主要的是他的不道德。但是，作者显然是以超越了道德层面的怜悯的眼光关切他的命运——作家和普通人的眼光是不同的，普通人往往是以道德的或者功利的眼光去衡量一个人，而作家，他是从人本的角度，去体察和感悟人生的。不论是好人还是坏人，不论是显赫的还是卑微的人生，作家都是以人道的眼光审视他们的人生，尊重他们的生命。

这两篇作品，一篇讲述的是一个美丽的人生如何在刹那间烟消云散，另一篇讲述的是一个残缺的人生如何无声无息走向死亡。在字里行间，我读到两个字：悲悯，以悲天悯人的眼光关切着人（不论是好人还是坏人）的命运。在这种关切中，可以体会到一种仁慈的力量，伦理的力量！

年轻的时候，我坚信艺术是纯粹的，而现在，我越来越觉得，文学与伦理结合起来才是有力量的。

也可以说，张教授的回忆散文是一曲挽歌。这挽歌，不只是献给那个时代的，同时也是献给许多美丽或不美丽的人生的。

（二）

张教授反思性散文的主题，是表达对人生的思考和追问。不能说他的思考有多么深刻，多么发人深省，但是，非常肯定的是他是一个对人生很严肃、认真的人。一个对人生认真的人和普通人的区别在于，普通人只要思考我如何活着，而认真的人要思考我为什么要活着？什么才是支撑我活着的最重要的东西？张教授的文字，随处可以见到这类思考。比如，对人们热议的"诗和远方"，他是这样评述的：诗和远方，"它在一场说走就走的旅行里，在两三友人围炉品茗的惬意里，在临窗读书的闲适里"，"但我隐隐觉得，这些不过是略带文艺的小资情调罢了"，"远方，就字面意思而言，是指时空两方面，隐含的意思是人的精神和思想应该能到达更远的地方"，"更进一步说，诗和远方是人们对精神自由的向往"（《论"诗和远方"》）。在作者看来，现代人大多在苟且地活着，而正是时代和人生的匮乏性，才需要"诗和远方"。

但是，我更喜欢他的另一类文字，不是直接表达对人生的发问，而是在自然和现实的描摹中，融合着他对人生的思考。比如他的《徜徉在静静的植物世界里》，作者由幽静的乡村图景，联想到古代的田园诗。在许多人看来，田园诗表达的是文人的趣味和情怀，而在作者看来，沉浸于田园中，"是一种宗教情感"，在这里，灵魂可以找到寄托和归宿：

"想到这里，我再看眼前夕照里的村庄，因为被夕阳的回光返照而突然变亮，呈现出一种神秘的黄色，恍惚间幻化成为宗教的图腾——那村落是教堂，那躬身劳作的人们是正在顶礼膜拜的教徒，那鸡鸣与犬吠之声仿佛也变成了回荡在教堂屋顶上的钟声。此时的我，不觉肃然而生敬畏之心。"

这是我喜欢这类文字的理由，他写自然，写人与自然的交融，你看起来似乎是在表达传统文人的性情和诗意，但是，作者在人与自然的融合中，表达的是现代的乡愁和信仰的冲动。他已经突破中国传统文人有点陈腐而老套的抒情，而切入对现代人存在本质的追问和承担。他的写作，不只是在抒写诗意人生，而是表达对人生和灵魂问题的关怀。这种对人生和灵魂问题的追问和关怀，赋予了张教授散文哲学的品格。

在回忆类散文中，我们可以体会到审美与伦理的结合；在反思性散文中，又可以体会到审美与哲学的结合。张教授的散文并不完美，有时你会觉得他的有些作品还只是没有雕琢的粗坯，但这不重要，重要的是，审美与伦理、哲学的结合，使他的写作超越了单一的审美的趣味，而具有一定的深度和力量。

　　末了，我还想说一句，张教授大约无意成为一个散文作家，写作对于他而言只是人生展开的一种方式。他不想只是占有现在，他的回望，是在用语言挽留过往的岁月，他对自我和人生的追问和关怀，同时也是对未来的谋划——当你弄不清楚什么是支撑你最重要的东西的时候，你如何谋划未来呢？

　　想一想，许多时候，我们应该惭愧，我们只是在意现在，只想占有现在，而不关心过去和未来。

2018. 1. 11

序 二

三十多年前，我与国华，我与那些到现在还亲如兄弟姐妹的同学们，相识相聚相知于汉江边的岳口古镇。在那里，一群怀揣梦想、却又懵懂无知的少男少女，开始了一段艰苦、充实而又难以忘怀的高中生活。那时的我们，就像汉江里一粒粒随波逐流的沙子，又如天空中无数漫天飞舞的蒲公英，不知道最终会停留在哪里。但是，我们的欢笑和哭泣，我们的努力和迷茫，我们的成功和挫败，我们的感恩和委屈，我们的友谊和误解……都在那里真真切切地发生了，并且至今还在影响着我们的人生。

感谢国华博士，他以独特的视野、细腻的情感、淡泊的心境、优美的文字凝聚成这一部作品，将我们曾经在那片土地上或清晰或模糊或已淡忘的记忆，重新生动地呈现在我们的面前。读完第一辑，留在记忆里的：双手一捧即可解渴的路边清澈的溪水；一旦拥有便可引领时尚傲视小伙伴的绿军帽；捉迷藏玩游戏流连忘返的生产队队屋；人流如织热火朝天的农村"双抢"。当然还有贫穷与饥饿，那是我们再也回不去的江汉平原的童年。第二辑的文章，应该是国华在从荆州调到潮州工作后，特别是2014年高中同学聚会之后，对往昔的回忆、对现实的写意、对生活的感悟、对生命的思考，读后给人启迪，让人宁静，回味无穷。第三辑是高中生活的真实写照，国华谦称"是从学生时代写的那些垃圾中扒拉出来的几篇"，而我却认为，这是国华给我们留下的关于我、关于我们班级、关于我们高中时代的最珍贵记忆。无须雕砌，无须粉饰，无须技巧，如实记录，娓娓道来，一群追逐梦想的年轻人的形象呼之欲出。

"一滴雨水包含着天空中一片云的信息；一束光包含着发光物质颜色的信息；一块表包含着一日时间的信息；一阵风携带着一场即将到来的暴风雨的信息。"（意大利物理学家，卡洛·罗韦利）国华的《光阴》，包含了学生时代太多的情感，也承载了那片土地上太多的信息。对于我来说，读来犹如一阵清风，吹散了这些年来弥漫在我周围、有时甚至压迫得我不能呼吸却又难以与外人道出的压力和烦恼。掩卷而思，我是谁？我从哪里来？我又要到哪里去？

"不忘初心，方得始终。"我似乎从国华的这部作品里得到了答案。

是为序。

罗泽华

2017.8.8

目 录
CONTENTS

第一辑 ·· 1

那片紫红花盛开的劳籽地 ················ 3

银老师和他的三个孩子 ················ 7

幸福河 ·· 11

堂 伯 ·· 15

一顶军帽 ·· 19

看电影 ·· 22

雨 趣 ·· 25

队 屋 ·· 28

一枚鸡蛋 ·· 32

钓鱼趣事 ·· 36

电笔与电水 ···································· 40

第二辑 ·· 45

我想着这一天 ································ 47

故乡的油菜花 ································ 51

我想拥有一座房子 ························ 54

蛋蛋传 ·· 57

生命的思考 ···································· 61

人生三论 ……………………………………………… 63

和春的夜晚 …………………………………………… 68

记 忆 ………………………………………………… 71

我的母亲 ……………………………………………… 73

晨游潮州西湖 ………………………………………… 77

徜徉在静静的植物世界里 …………………………… 81

夜听"海马"咆哮 …………………………………… 86

穿过黑夜的天空 ……………………………………… 88

长沙三日 ……………………………………………… 92

秋夜听虫鸣 ………………………………………… 101

看见日出 …………………………………………… 104

划过夜空的流星 …………………………………… 107

论"诗和远方" …………………………………… 111

最美是黄昏 ………………………………………… 117

野花赞 ……………………………………………… 120

第三辑 ……………………………………………… **123**

襄河三人行 ………………………………………… 125

孩子的心 …………………………………………… 127

晚 行 ……………………………………………… 130

高考拾零 …………………………………………… 132

父 亲 ……………………………………………… 139

孤 独 ……………………………………………… 143

谭君印象 …………………………………………… 145

虫·我·命运 ……………………………………… 148

后 记 ……………………………………………… **150**

01

第一辑

本辑是一组回忆童年生活的散文

那片紫红花盛开的劳籽地

今年春上，从南方回到故乡和一帮高中同学一起赏油菜花，闲谈间回忆儿时光阴，班长偶尔提起了劳籽，我的记忆一下子被拉回到了遥远的从前。劳籽，一个遗忘多年但依然熟悉的名字。记得小时候，稻谷收割后就播下它作为绿肥，碰到菜荒时，也摘一把回来当菜吃，或炒，或蒸，但味道怎么样我确乎是记不得了。每年春天到来时，稻田里便开满了紫红色的劳籽花，在风中瑟瑟地摆动着，别是一番风景。

班长告诉我，劳籽是家乡俗称，学名其实叫"紫云英"。哦，它竟然还有这样好听的名字！我急切地上网百度，果真是记忆中的那种花。浏览着一幅幅紫云英图片，我陷入回忆中，眼前竟浮现出儿时的场景：空旷的田野，遍地的劳籽花，追逐的小伙伴……这时，一个模糊的身影在我脑中晃呀晃的，是谁呢？我努力想了又想，终于想起来了，是她，梅。如今，我已然记不起梅的容貌，只依稀记得她是一个扎着两只羊角辫、整天蹦蹦跳跳的小女孩，特别疯，特别爱笑，那银铃般的笑声特别清脆动听。

那年，母亲得"出血热"去世了，父亲一个人拖着我们仨太吃力，不得已把我送到沔阳亲戚家寄养，梅便是我到沔阳后认识的小伙伴。

那是一个春天的午后吧，头顶上有懒懒的太阳照着，耳边有柔柔的风吹着，我们几个小伙伴在田地里割猪草。不知谁提议，我们来玩"躲梦"（注：湖北方言，捉迷藏的意思）吧，大家纷纷响应。于是，我们把篮子铲子扔到一边，先划拳定出"捉梦人"，小伙伴就各自找地方躲藏，有的趴在田埂后，有的钻进灌木中，有的跑得老远消失在什么地方了。我看到不远处有块劳籽地，于是跑过去，在一块长得稍高且茂密的地方趴下来。这时，梅也跟过来了，我连忙向她摆手，示意她别过来，两个人目标太大，容易暴露。梅却毫不理会，径直奔到我身边，也趴下来。

四周静得出奇，仿佛一切都远离我们而去，只剩下紫红色的劳籽花在摩挲着我们的脸。我们都不敢出声，生怕暴露了自己。趴了好一会儿，也不见捉梦人寻过来，我正犹豫要不要起身，这时，梅悄悄对我说："我们来学大人吧。""学大人？"我一时没有领会梅的意思。梅凑近我耳边，低声说："我们学大人亲嘴。"话音没落，就听到"叭"的一声，梅在我脸上亲了一口，还没等我反应过来，她咯咯地笑着，起身一溜烟跑开了。

那以后，我每每见到梅，就有些拘束忸怩，仿佛做了一件很丑的事。倒是梅什么事也没有，照样疯着，照样咯咯地笑着。

又一次，我们也是在野外玩，不知不觉走到了一片坟地。那片坟地应该已久远了，一个个变成了馒头似的小土堆，长满了荒草。大伙一时踟蹰着，不敢靠近。这时，梅怂恿我："你敢从坟头跨过去吗？"我被她一激，顿时兴起："有什么不敢？"其实我是见人多，忘了害怕。我逞能似的立马就跨过一个坟头："看，我还可以再跨一个。"说着又跨过一个。等我觉察到有什么不对劲时，回头一看，那帮家伙早跑远了。"妈呀！"我突然感到莫名的恐惧，丢了魂似的落荒而逃。

回到家里，两腿还在瑟瑟发抖。到晚上竟不敢入睡，仿佛四周躲着无数的鬼，专等你闭上眼就要扑上来。挨到天亮时，我已发起了高烧。伯母走过来，在我额头摸了摸，说道："是哪个呢，被哪个撞到了呢？"她边说边取来一只碗，里面盛了小半碗水。又拿来一双筷子，在碗中央杵呀杵的，口里一边喊着死去亲人的名字，一边念道："是不是冷郎（注：湖北方言，您的意思）哟，是的话就站住。"当喊到某人的名字，我惊悚地看到筷子果然立在碗中了。伯母于是拿出一沓草纸，先在我身上从头到脚拂了几遍，然后蹲在墙角将纸烧了，口里还不停地念叨着。

过几天，烧果然退了。我一直就琢磨那个问题，筷子怎么能立在碗中的呢？有一天，我竟然大着胆子问伯母。她拉下脸，断喝一声："小娃儿不许问这样的问题！"我退下来，还在反复想，筷子怎么就能立在碗中不倒？也曾拿碗筷试过，终是立不住，于是越发觉得其中充满了诡异。

时间久了，此事慢慢也就作罢。那阵子充满了对梅的怨恨，以至那段时间，我对她不理不睬的，见到她就远远地躲开。但没几天，我们又和好如初了，仿佛什么事也没发生过。

……

又一个暑假的傍晚，我和小伙伴玩耍回来。刚转到村头，远远看见一群人围着，一个妇人跪在地上，双手不停在地上拍打着，呼天抢地哭号着："我的儿啊，我的儿啊，我狠心的苦命的儿啊……"那哭声如此凄厉、绝望，剜心剜肺。我跑过去，只见一个浑身湿淋淋的女孩直挺挺躺在地上，手脚青紫，肚子鼓得高高的。我心里一沉，是她！是梅！她死了！梅淹死了！我的天！我的天！我有一种说不出的难受，发了疯似的跑到村边的树林中，忍不住"呜呜呜"哭泣起来。

……

时间过去快四十年了吧，梅本也被我遗忘了很久很久。同学唠叨出劳籽，才使我不经意间想起梅——那个早逝的小精灵，不禁生出无限的感叹，叹老天的捉弄，叹生命的脆弱，叹人生的无常。或者，她应该早也投胎转世了吧。我这样想，心里又产生了些许安慰。

写到这里，我抬起头，眼前又浮现出那个春天的午后，那片紫红花盛开的劳籽地，那个已然模糊的身影，那咯咯的笑声又渐渐清晰地回荡在耳边。

2014. 4. 10

银老师和他的三个孩子

银老师是我们村里的小学老师，本来姓张，但大家都称他银老师，大约张是村里第一大姓，姓张的老师也太多了，都叫张老师不便区分吧，人们便以他名字的最后一个字来称呼他。银老师是小学的校长，但我们并不叫他校长，而习惯叫银老师。他高高瘦瘦的，尖削的脸，一双眼睛炯炯有神，只是总爱拉着个脸，显出一副很严肃的样子，让人又敬又怕。

银老师有三个孩子，老大是女孩，叫阿琳，老二老三都是男孩，也是我的好伙伴，分别叫阿军和阿民。兄弟俩虽然只相差两岁，但性格完全不同。哥哥阿军沉稳内敛，温顺懂事，弟弟阿民则十分顽劣，总爱欺负人，小伙伴们都有点怕他。不过，他从不欺负我，所以，和他在一起，心里竟有点小得意。

虽然打心底有点怕银老师，但有一段时间我确实经常上他们家。一来呢，兄弟俩是我特别好的伙伴，我们常常在一起玩耍。儿时玩的花样极为丰富，如果是在室内，尚单调些，普通不过是打扑克、下象棋、翻花绳之类；户外活动可就多了，像玩弹珠、叠纸飞机、打弹弓、掏鸟窝、捉迷藏、匡知了、打水仗，等等。二来呢，他家妈妈特别疼爱我，可能是因为我是个没妈的孩子吧。每每他们家蒸了馒头，或是擀了面，就会喊我过去一同吃。三来呢，银老师口里有讲不完的故事，那些故事是如此有趣，我们常常听得如痴如醉。当然，还有个原因也不得不提，他们的姐姐阿琳那时正上初中，出落得如花似玉，尤其是说话时，声音无比甜美，对我有无限的吸引力。遗憾的是，她大我三岁，那个年代，大三岁就像隔了一代人似的。在她眼里我就是小屁孩一个，根本不入她的法眼，所以从来不和我玩。我每次去了，也只能是偷偷瞟上几眼，饱饱眼福而已。她和我姐姐倒是同年，关系好得胜过亲姐妹，所以也常常来我们家玩，我就又多了偷偷瞟上几眼的机会。

夏天天热，入睡迟。一到晚上，常常无所事事，我就上银老师家找阿军阿民兄弟俩玩。正值棉花采摘季节，家家户户晚上都不得闲，要赶着将摘回来的棉桃剥出来。我家的地极少，父亲和姐姐就足够对付了，所以几乎不需我帮忙。但兄弟俩就跑不脱了，晚饭后，先得老老实实坐下来剥棉花，所以我常常和他们一起剥。有时去得早，就在他们家吃晚饭。普通不过是油菜焖饭，或是洋芋焖饭，就上三两小碗酱萝卜、杂拉巴子（注：湖北乡下人家自制的一种腌菜），吃得却香极了。

边剥棉花，银老师边开始给我们讲故事。常常不过是妖精、狐狸、鬼怪之类，妇人设计将狐狸装入瓶中烧死啦，田螺姑娘偷偷帮穷苦青年做饭洗衣啦，如此这些，印象确也不太深了。唯独崂山道士的故事一直记忆犹新，银老师每讲到道士那神话般的变月亮、变美女的功夫时，语气和神态也极夸张，极具表现力，仿佛那月亮和美女就在眼前。我们也常常听得呆痴过去，后来才知道这些故事多是聊斋里的。

有时也会讲抓特务的故事，那倒是我最爱听的。记得有一个故事是这样的：号称万里长江第一桥的武汉长江大桥建成后，台湾派遣了

8

大量特务千方百计搞破坏。一日，执勤的解放军战士发现桥上有一个人倚在栏杆上，半天都不动一下。战士觉得奇怪，就过去拍拍他的头，问道："同志，你在做什么？"这一拍不打紧，战士感到哪里不对劲，用手一扯，耳朵竟然掉了下来，里面露出机器，正在"嘀嗒嘀嗒"地转。不好，定时炸弹！眼看爆炸时间将到，说时迟，那时快！战士抱起假人，奋力抛下桥去。只听"轰"的一声巨响，炸弹在水中爆炸了，而大桥安然无恙。这故事现在看来编造得实在太不高明，但那时我们却听得津津有味，每次听完，心中总会半天不平静，庆幸战士发现及时，敬佩战士勇敢机智，于是充满了对解放军的无限崇拜之情。另一个故事讲苏修特务的，情节更恐怖，好像有剥人皮割人头什么的，听来令人毛骨悚然，不过具体内容我倒是记不清了。

剥棉花终究是枯燥无味的，时间稍长就坐不住，便乘大人起身时悄悄逃离。那时农村搞"农业学大寨"，我们村是全国有名的红旗村，村里将各家的老房子拆除，统一建成一排排整齐划一的平房，屋顶不是盖着瓦，而是用砖和水泥砌成拱形，远远望去，呈现出一道美丽的波浪线，我们叫它"拱屋"。我们蹬着梯子爬到屋顶上，点上一盏煤油灯，玩起扑克。这比在屋里打牌凉爽得多，而且蚊子也少。扑克中的"A"家乡土话称为"尖"，但那时我刚从沔阳回来，口音有点改不过来，就老叫成"机"，每当我出这张牌时，就爱说"过机"。后来这句话成了兄弟俩的笑柄，远远见了我，就故意打趣道："走，我们'过机'去！"

有时我们并不玩牌，而是在屋顶上到处走动，因为一长排人家的屋顶都是相连的。蹿到熟悉的小朋友家屋顶了，便大声喊着名字，招呼他上来一起玩。房子前面种着一排水杉树，树干笔直，又不甚粗，离屋檐又近，我们常常无须梯子，直接从树干上下，真是神出鬼没啊！

不过跑得快了，屋顶上"咚咚"的脚步声被屋内人听得清清楚楚。每次跑到银老师家屋顶时，就听到银老师厉声喊着："不要乱跑！"银老师更多的不是嫌我们吵，而是担心我们从屋顶掉下来。

这事还真发生过。村里有一栋三层楼房，那时楼房在农村是极为稀罕的，不仅是我们村，也是我们那一带最高的建筑了，据说是为来村里"上山下乡"的知识青年修建的。每到夏天，楼顶便成了大人小孩乘凉的绝佳去处。有一晚，睡到半夜，突然下起了暴雨，大家从梦中惊醒，慌乱中来不及收拾铺盖，懵懵懂懂中东奔西突，就有一个人掉下楼了，摔成了重伤。

银老师家的漂亮女儿阿琳命运不济，长大后嫁了人，没几年得病去世了。那时我正在武汉上大学，从姐姐来信中得到消息，也长吁短叹了一番。阿军阿民兄弟俩也有多年没见到，听说做生意发了，那应该不错吧。

2014. 5. 26

幸福河

　　我家门前有条河，叫"幸福河"，如老舍先生笔下的红旗渠一样，一听就知道是那个特殊年代的名字，显得那么高大上。没错，它是一条地地道道的人工河，"文革"中村里组织挖建的。不长，二三里地吧；笔直，俨然是比着尺子凿出来的。河边种着歪歪斜斜的杨柳，柳枝垂挂在平静的河面上，随风柔柔地轻轻摆动着，平添了几分江南的感觉。

　　幸福河虽然不长，但每隔一段距离就用土坝横断开来，这样，整条河被分隔成几段，土坝下面铺有涵洞，所以水仍是相通的。河里喂养着鱼，以鲢鱼为主，也有鲤鱼和鲫鱼，这些鱼是村民过年的福利。每到年关打鱼时，河边比过年都要热闹。村上调来抽水机开始分段抽水。随着河面持续下降，水中的鱼渐渐不安起来，黑魆魆的鱼头纷纷冒出来了，它们咂着嘴巴，惊恐地游摆着。我们站在岸边指指点点，每看到一条大鱼，就发出尖叫声。河水终于抽干了，大人们穿着防水的连体胶衣，带着渔具下去捞鱼。这时，鱼儿们便在残水中乱窜，接龙似的纵身跃起，那场面真是壮观极了！

　　每到冬天，河面开始结冰。普通的年份，只是薄薄的一层冰，是不能在冰面上行走的。我们就下到河边，拿树枝将冰面戳出一个个窟窿，或敲一块冰拿在手上玩，或用砖块远远地砸向冰面，看那冰面裂开，河水在冰下面扩散，形成许多大小不一的水泡。如果碰到气温极低的年份，河面的冰层结厚了，也能跑到河面上玩，但这样的时候是极少的。

平日里，河水清澈异常，河中鱼儿多极了，特别是那些没睁眼的小鱼儿，成群结队，黑黝黝地浮游在水面上。那时候乡下人做饭，都是先把米下在锅里煮至半熟，然后用烧箕沥起来，再蒸或焖熟。但也不是用纯米焖，米下面通常是要垫一层厚厚的青菜、南瓜、红薯之类的，面上的米其实极少，几乎只能是象征性地铺上薄薄一层，因为那个年代，粮食是极为匮乏的。沥过饭后的烧箕就粘着些米，姐姐常常吩咐我去河里把烧箕洗干净。

刷烧箕时，那些小鱼儿就围拢过来，争抢米粒。把烧箕沉入水中，鱼儿们竟游到烧箕里，毫不怕人，我于是突然把烧箕端出水面，小鱼便在烧箕里蹦蹦跶跶，但已然是瓮中之鳖。这样故技重演几次，就捉到了小半碗鱼。回去只需稍稍挤出内脏，拌上面粉，调好味，用油煎到焦黄。那个鲜，那个香，哎，恐怕此生再是吃不到那么美味的鱼了！

夏天来了，河边柳树上，知了成天聒噪个不停，但对于我们小伙伴来说，那未必是恼人的，反倒像是挑逗着我们："来捉我呀，来捉我呀。"小样儿，看如何收拾你！于是开始制作捕知了的工具，不过是找一个大小合适的塑料袋，用铁丝做个圆圈撑住袋口，然后绑在一根长长的竹竿顶端，便大功告成。

匡知了时，你得蹑手蹑脚地靠近，为避开它的视线，竹竿得慢慢地从它身体下方往上移，等离得近了，就猛地匡下去，知了于是掉入袋中。整套动作看似挺简单，但其中极有讲究：出手前一定要轻巧耐心，出手瞬间则要异常敏捷，而且千万不能碰到树叶，所以也并非易事。有时候，老半天也捉不了一两只，因为知了异常警觉，你再小心，仍然大多会在你下手前逃之夭夭。

捕获的知了便成为我们极好的玩意儿。我们挠它的腹部，迫使它叫。有时知了怎么也不会叫的，我们叫它"哑巴"，这样的"哑巴"一点也不好玩，我们通常会弃掉。有一种小个的、外壳和翅膀都是绿色的品种，我们叫它"绿娃"，这种知了是我们最稀罕的，可惜极难捉到。

最快乐的还是在幸福河里游泳。每到下午太阳快落山时，河里一下子热闹起来了！老的，小的，叫着，喊着，嬉闹着，打斗着，追逐着。男人们一边搓着澡，一边说着农事；女人们则远远地聚在一起，一边梳洗着头发，一边张家长李家短地闲扯着。男人们不时向这边张望，胆子大的就高声向妇女们调笑，女人们也不搭腔，只顾哧哧地笑，笑声随着飞起的水花四溅，好一幅乡村嬉水图！

当然，最热闹处还是小伙伴们。我们常常是分成两队打水仗，无非是以水做武器，想着法儿攻击对方，或用手击水，或用腿打水。不过这样毕竟攻击力有限，时间稍长，便有性急莽撞的家伙突过来，直接推倒你，甚至把你按入水中，这时，其他人纷纷加入战斗，那场面，就像煮开了的一锅饺子，混乱不堪。总有小伙伴会呛到水，胆小点的就哇哇地哭了，这时便有大人出面断喝制止，于是众人"轰"地散开。

也有规规矩矩的时候，我们比谁游得快。阿朋的大哥阿庆是我们一致仰慕的对象，因为他会自由泳。好家伙，游起来像箭一样，"嗖嗖"地往前直飙，于我们只会狗刨式的大多数来说，也只有惊羡而甘拜下风了。我比较喜欢潜泳，一个猛子扎下去，就能够从水下潜到对岸，但仍是比不过阿庆的。他一个猛子扎下去时，水面毫无动静，于是大家屏住呼吸，睁大眼睛盯住水面，好久，远远的河面上才冒出个头，阿庆挥着手颇为得意地向我们召唤着呢。

天上繁星点点，河面已是漆黑。不知什么时候，河里的人已少了很多。阿明的爷爷来喊了："明儿，回去喽，要吃饭喽！"阿军的父亲也来了，大声呵斥着："鬼东西，玩疯了呢，还不回去！"我们便恋恋不舍地上岸，收拾衣服，朝着远处村庄的灯火处走去，将那重归静谧的、黑魆魆的幸福河留在身后。

2014.5.27

堂　伯

我有个远房堂伯，他患有"牛火腿"，医学上叫血丝虫病。我不知道他是什么时候，又是如何得了这个病，总之，打我记事起，他就是"牛火腿"，大家也都叫他"牛火腿"。他那条腿近脚踝处肿得老粗，时间长了，已经溃烂。黝黑的皮肤绽开道道裂口，露出淡红色的肉，因腐烂而流着脓液，让人不忍目睹。由于肿得太厉害，堂伯没办法正常穿上鞋袜。一年四季，春夏秋冬，他都是一成不变地拖着一双又大又破的解放鞋，似乎从来没换洗过。我不知道他那条裸露着的腿在冬天会有多冷，会有多难熬。我只知道，每到夏天，无论他走到哪，都有成群的苍蝇围着那条溃烂的"牛火腿"。所以堂伯只要一坐下来，就旁若无人地埋下头，很专注地用手拍打、驱赶着苍蝇，这似乎成了他的日常工作。

堂伯终身未娶。他也没有自立能力，所以一直跟着他的亲侄儿，我的堂哥一家过日子。

堂伯是村里的闲人，成天拢着双手，无所事事，在村前村后转悠。在乡亲们眼里，堂伯有点招人嫌恶。大人们要么不搭理他，要么就嘲笑捉弄他。小孩子更不用说了，远远看见了，就挤眉弄眼，看，"牛火腿"来了。没等堂伯走近，便一哄而散。跑到远处，又聚到一起，回过头指指点点，肆意地笑着。

一个饱受病痛折磨的老男人，一个终身未娶的鳏夫，一个遭人歧视的异类，性格的扭曲怕是必然的。堂伯就慢慢变得疯癫，无论有人没人，他口中总是骂骂咧咧个不停。或东家长、西家短地搬弄些别人的闲言碎语，那多半并非事实，而是他道听途说，或者添油加醋，甚至胡编乱造的，因而越发不受人待见了。他还有个坏毛病，爱小偷小摸。今天扛走张家门口的扁担，明天穿走李家晒衣架上的衣衫，最常做的事就是将人家晾晒的谷物或棉花抓几把到兜里。连垛在人家房前屋后的草耀子（注：一种用稻草拧成的草绳，用来捆农作物）他都会揣上几个拿走。走进他住的那间破屋，恍如走进了一个颇具规模的废品收购站——锅碗瓢盆，衣裤鞋袜，破铜烂铁，电线麻绳，还有缺把的锄头，锈迹斑斑的铲子，断提手的篮子，满是破洞的筛子……真是应有尽有，无所不有。

但到底说来，堂伯说疯呢，也不算有多疯；说傻呢，也不算有多傻。就说偷东西吧，他是从不会偷我家的，不仅不偷我家，偶尔还将他在别家偷来的"战利品"悄悄塞在我家。那真是害了我们，人家寻来了，还以为是我们偷的，就得解释半天，好在时间长了，大家也知道这回事，并不会太责怪的。每每有邻舍上门寻物，堂哥就又羞又恼，一边给人赔着小心，说着软话，一边大声训斥着堂伯。这时候，堂伯便像犯了错误的小学生，窘着脸，耷拉着脑袋，立在一旁，大气都不敢出，任凭侄儿数落。

农忙时，堂伯也能下地干些粗活，锄草、割麦、挑粪、摘棉花。但侄媳总嫌他做事不利索，恼他尽帮倒忙。有时被数落狠了，堂伯便带着满脸的委屈，跑到我家来向父亲诉苦。父亲从不会撵他的，常常一边胡乱安慰几句，一边让他跟在身边做点事，有时，也会留他在家里吃顿饭。这时候，堂伯仿佛受了极大的礼遇，满脸堆着笑，搬桌摆凳，忙前忙后。反复叮嘱父亲："不要多弄菜，有碗油盐豌豆就行。"待饭菜上桌，要他入座时，他又横竖不肯，只端起一碗稀饭，撮几颗豌豆，蹲到一边，啧啧有声地啜起来。

其实，我小时候并不怎么讨厌堂伯。如果不看他那条牛火腿呢，堂伯的面相倒称得上是慈眉善目，最主要还是因为他对我的态度，比别个不同。每次遇到我时，他脸上必露出笑容——那笑容很特别，讪讪的，又带点媚意，于我来说，竟还有几分受用——说道："小鬼，过些时候带你去南岸玩呢。"他说的南岸是指沔阳，那边有几家是祖爷爷的分支，母亲死后，我曾被送过去寄养了几年。下次碰到我，他还是那句话："小鬼，过些时候带你去南岸玩呢。"我倒是喜欢他叫我"小鬼"，因为在电影里，一般都是早早加入革命队伍的小孩才被大人称为"小鬼"的。不过这句话听多了，我还是有点烦他，也曾暗笑他的呆傻，切！你有那能耐自己早去了。

事实上我错了。有一次，堂伯失踪了。头两天，大家还没怎么在意，因为一两天不在家是常有的事，但一连几天都不见人，堂哥便有些慌了，四处打探寻找，始终没有半点音讯。再过一阵，南岸有人捎来口信，说堂伯到了那边呢。

后来，我上了中学，又上了大学，在家时间少，就没怎么见到堂伯了。参加工作后，更是没有关注过他。或许，他就是个可有可无的人吧，有他无他，别人都是那样过，谁也不会把他放在心里。

那年暑假，我回到村里，去拜访堂哥嫂子。寒暄几句，堂哥对我说："你伯伯不行了呢。"我这才想起，是有好久没见到堂伯了。跟着堂哥上到二楼（堂哥家二楼只是很简易的一层，荒着没人住的），走进最左边那间昏暗的小屋，我看见堂伯赤着身，只穿了一条灰色短裤，躺在一堆旧棉絮当中，浑身已经瘦得不成样子，如果不走近，或许还以为那是一堆枯木。堂哥高声说："阿华回来了！你侄儿来看你了！"彼时，堂伯已经不能动弹，也不能出声了。好久，堂伯才缓缓睁开眼，眨了两下，又闭上。缓一会儿，他再次把眼睁开时，我看见眼泪从他干枯的眼角流了出来。我再也无法控制自己，转过身去，眼泪竟夺眶而出！

　　第二天，堂伯走了，他走得应该很安详吧。

2014. 5. 29

一顶军帽

中秋节前夕，自驾游到漳州，正是骄阳似火，一家三口每人戴一顶草帽。走到阴凉处小憩时，我给儿子取下帽子，无意间顺手在儿子头上摸了摸。

"干吗呢，老爸！"儿子一脸不解。

是啊，干吗呢？我自己也觉得奇怪。突然间想起来了，小时候，只要进屋脱帽，父亲总要在我头上摸一摸。我那时也不解，父亲说："摸一摸，就不会伤风了。"摸一摸就有这样神奇的功效？该不是迷信吧？我颇为疑惑，但疑惑中也渐渐接受并习惯了父亲的这个举动。

看来，我潜意识中的东西不经意间在儿子面前露出来了，呵呵。

说到帽子，现在农村人戴得渐渐少了，南方尤其如此。但我们小时候，几乎人人都有一顶帽子，不分男女老少。年长的女人们大约是围条头巾吧，年轻姑娘则多是自己动手编织，颜色和款式自然好看些。男人们的帽子式样可就多了，狗钻洞、毡帽、大檐帽、地主帽、工人帽（也叫鸭舌帽）、解放帽、雷锋帽、军帽，等等。父亲爱戴解放帽，蓝或灰色，软不拉几的，颇似赵本山戴的那种。姑父则一成不变，头上总是一顶工人帽——就是前面用一粒扣子扣住的那种——好一副城里人的做派，虽然他只是个从乡下到城里修补鞋子雨伞的手艺人。村里的裁缝雄观伯则爱戴顶大毡帽，看起来像旧上海的脸面人物，只可惜他是个瘸子，仍不免成为我们小朋友取笑的对象。

　　我最喜欢的自然是军帽，可能与小时候看的战争片太多有关吧。《平原游击队》《小兵张嘎》《奇袭白虎团》《三进山城》《智取华山》《英雄儿女》……这些电影让人如痴如醉。红色样板戏却不爱看，脸谱化，不真实，唱段太多，唱起来吱吱呀呀的没完。反特片也不错，如《海霞》《冰山上的来客》《秘密图纸》等。《海霞》给我很深的印象，因为那是我第一次看到大海的场景。但我最爱看的是关于红军和解放军的片子，比如《闪闪的红星》《南征北战》《渡江侦察记》等。原因可能是穿上红军和解放军的军装更加英武帅气吧，特别是那顶缀有红色五角星的军帽和领口的红布领章，简直令我痴迷不已。八路军的帽子相当难看，单是灰色就很不入眼。游击队就更不用说了，头巾、斗笠、草帽，啥都戴，土得直掉渣。

　　就特别想有顶军帽。如果还能缀上个五角星，那该有多神气呢！其实我有一个当军官的三舅，官还挺大（后来才知道是某部的团政委），但他很少回家探亲，纵使回来了，我也是不敢向他开口的。有一年春节，大舅家也在部队当兵的表哥回来了，正好我去他家拜年，很意外，表哥竟送了我一颗军帽上的五角星！我爱不释手地捧在手中，正看反看，左看右看……

　　回来即央求父亲买一顶军帽。父亲还真遂了我的愿，虽然买回来的只是顶仿制军帽。我小心翼翼将五角星缀在帽檐正中央，戴在头上急急去照镜子，顿时沮丧万分：帽顶和帽檐交界处少了那道棱角，瘪瘪的，难看极了。我便仔细用手折出一道棱角，戴上再看时，棱角不一会儿就坍塌下去了。我再折，然后用牙细细地咬出棱角，在屋子里没走几圈，终还是塌下去了。我灵机一动，有办法了，折来一条柳枝，围个圈衬在里面，哈哈，这回再塌不下去了。

其实，很多戴军帽的人都喜欢将帽子弄出那道棱角的，大人们最常用的方法是在里面衬上一圈报纸，那样戴起来便英武帅气了很多。只是，这个小秘密我后来才知道。

那顶军帽便成为村里小伙伴们仰慕的对象，特别是那颗红艳艳的五角星，煞是抢眼！瞧那些家伙们膜拜的眼神。"这可是解放军的真家伙！"我无不得意，相当坦然地接受众人的一致恭维和赞叹，自己也恍惚如帝王般俯视着芸芸众生了！

那几日，便有小人们陆续来家里，小心探问军帽能否一借。我是一概回绝，自己的瘾都还没过够呢！但当拥军来借时，我终于城防失守了。拥军走进我家，完全不提军帽的事，而是从口袋里掏出一把炸豌豆塞给我。好家伙，个个都开花，沙沙的，脆脆的，香香的。吃着吃着，我就忍不住把军帽拿出来递给了他。看着他得意地离去，诡异地笑着，我又有几分懊悔：是不是中计了呢？

一顶军帽，是多少人儿时的向往啊！据高中同学泽华回忆，他曾有一顶正宗的军帽，布料考究，颜色纯正，一看就非凡品。最大的亮点是里面盖有红色印章，内有一组数字，大约是部队番号吧。可惜军帽带到学校，被校长儿子生生抢走了，那种失去心爱之物后的切肤之痛，是可以想见的。那时候，农村放电影时，军帽被抢是常有的，甚至发生过毛头小子骑自行车飞夺路人军帽之事，真是匪夷所思！所以，戴军帽固然得意，也蕴藏着巨大的风险。

那顶军帽，连同那颗五角星，后来也不知所终，但这段记忆却牢牢地印在脑海里。

2014. 9. 13

看电影

天还敞亮，村头的打谷场早已高高竖起两根碗口粗的竹竿，中间扯着黑边白底的银幕，一架长梯靠在竹竿上，上头绑着个大音箱。场地中央是一张八仙桌，桌下摆着几个装胶片的铁箱子，桌上是放映机。方桌一角绑着一根长杆，上面挂着一个大灯泡。电影机上支着两张片子，前面那张片满满地卷着黑色胶片，后面那张片则是空的。

这便是记忆里的露天放映场。

小时候，村里放电影如同过节一样。早早地，村里广播响了："今晚大队放电影，请社员同志们吃了饭来看电影。"大家便奔走相告。田里劳作的人们纷纷早早收工，孩子们催促大人早些做晚饭，大人则交代孩子提前去占好位置。匆匆吃过晚饭，男女老少便扛着各式椅凳，陆续向放映场会集。平日清冷的谷场顿时人声鼎沸，热闹非凡。小孩的追逐嬉闹声，大人严厉的呵斥声，熟人相遇热情地打着招呼，小商贩们有的支起甘蔗，有的驮来冰棒，高声叫卖着。

天色渐暗，放映场已是黑压压一片。放映员开始广播："请大家静一静，电影马上就要开始了！"于是，说笑声低下来。常常是大队支书先讲话，布置近日抗旱排涝、插秧播种、收谷打麦之类的农事，好在时间也不长。不一会儿，长杆上的大灯泡突然一黑，接着放映机"咔嗒"一声，一道强光射向银幕，开始了！

但这时还不是我们高兴的时候。因为，正片放映之前通常会先放一部新闻片，说的多是全国形势一片大好那些政治方面的事，我们也不太懂；或者放"农业学大寨，工业学大庆"这类的纪录片，我们也不爱看，只巴巴地等着正片开始。

好在新闻片时间不长，很快，正片开始放映了。此时才真的是鸦雀无声，只听得放映机转动的"吱吱"声。大家目不转睛盯着银幕，看到那闪闪发光的嵌着熟悉的"八一"二字的五角星，或是那转动的工农兵雕像出现，一部精彩的战争片或是反特片终于上演。

每部电影常常有三五卷胶片。一卷放完，电灯亮起，放映员迅速卸下前面的空片换到后面，拿出下一卷装上，因为前面一部分胶片空无内容，放映员很麻利地扯出几圈卷到后面去，众人便屏住呼吸盯着放映员，总疑心他扯过了。

放映开始好半天，仍有陆续赶来的人们，有的是路程远，有的是有事耽搁了一会儿。来了便四处寻找位置，总归有一些实在找不到好的位置了，只好坐在银幕后面，看起"反片子"。

其实，看电影的烦恼也不少。有时明明时间已不早了，就是没动静。原来，一部影片几个村同晚轮流放，得张村放完了才能送到李村，虽说有预案，但倘若中间某个环节出了问题，衔接不上，大家就只有干等。某村曾出现过这样的事：等到片子拿来时天都亮了，但仍有不少人坚持等着不走。只好将放映场移到一间大屋，用油毛毡蒙上窗户，才勉强放完。

有时放着放着，突然停电了。人群发出一阵惊呼，放映场陷入漆黑之中，有人用手电筒在人堆里、银幕上乱照，有小青年吹起了流氓哨。便有村干部站起来，一边安抚众人，一边高声指挥着调来村里的发电机。

有时也碰到下雨。倘若雨不大，大家便都继续津津有味地看，全然忘却了还下着雨；若是雨大了，先前还撑起伞，或跑到人家屋檐下暂避，心里把那祈祷的话语默念了千百遍。终究是没有停的迹象，大人们便纷纷唤孩子回家，孩子们自是依依不舍，一边离开一边回头张望。

当然，快乐永远更多。特别是人们情感完全投入，随着故事情节的跌宕起伏而悲喜交替。鬼子进村了，大家顿时把心提到了嗓子眼，此时放映场如死一般沉寂；地主恶霸逞凶时，大家咬牙切齿，甚至有人忍不住骂出了声；英雄壮烈牺牲了，人群发出一阵叹息；嘹亮的冲锋号吹响时，必引来众人雀跃欢呼。

碰到好片子也会请亲戚来看。早早地把了信。亲戚来时也不会空手，三五斤新收的花生，十个八个黄泥裹着的盐鸭蛋，或是用油纸包几根油条，几个火烧粑。屋外玩耍的小子眼尖，老远看见亲戚来了，飞奔着去告诉大人。便欢天喜地迎进屋，多炒了几个菜，沽回来半斤老酒，围一起，边吃边喝，有说有笑。酒足饭饱之后，拖两条长凳，一大家子朝放映场逶迤而去。

第二天清早，总有三两个儿童去放映场捡拾人家掉落的东西。值钱的物什多是没有，但也不至于空手而回——小手帕、弹珠、分币之类的小东西总是有的，倘使捡到一角两角的纸币，便是撞上大运了。

如果邻村放电影，我们常常也是要去看的。早早吃罢晚饭，三五人一邀便出发。快到目的地，远远看到高高挂起的银幕，那个兴奋呀，就甭提了。有时得到的是假消息，去了连个鬼影都没有，心里自是把那传假消息的人骂了千回。第二天找他理论，他竟然怪笑道："你们跑错了地方，我说的是白跑公社紧走大队。"直把人气死！

2014.9.18

雨　趣

　　南方总少不了雨。儿时的我，对四季的雨的感受各有不同。秋天的雨自是不受待见的，如古人所云，"秋风秋雨愁煞人"，"一场秋雨一场寒"，总带着些哀愁与忧伤的调子。冬雨就更不必说了，所谓凄风苦雨，寒风冷雨。阴雨夹着雪的日子，你只能瑟缩在家里，哪儿也去不了，这最是让人徒呼奈何的。

　　春雨呢，在文人骚客笔下，它似乎蕴含着无限的意味。如果说"夜来风雨声，花落知多少"还带有几分怅惘的话，那么"天街小雨润如酥"就完全让人感受的是喜悦和清爽了。更有杜甫的"夜雨剪春韭，新炊间黄粱""好雨知时节，当春乃发生"，生生把对春雨的喜爱表达得无以复加。乡下人虽然没有文人的闲情逸致，但也知道"春雨贵如油"。不过，这些终归只是大人们的感受，于我们小朋友来说，又何曾有过如此体会呢，总嫌它下起来没个消停，淅淅沥沥的，总惹人恼。

　　这样说来，我所说的雨趣，确乎只剩下夏雨了。

　　夏天的雨说来就来，干脆，痛快，酣畅淋漓，也常常让人猝不及防。刚才还是艳阳高照，突然就乌云密布，伴随着阵阵雷声，一场急雨劈头盖脸就浇下来了。

　　夏季宜晒，家家户户总有晒不完的农作物，黄豆啦，谷子啦，黄花菜啦，还有房前屋后堆着的棉梗、靶子、草料。看到天色突变，村子里一下子炸开了锅，大人呼着，小孩应着，一个个赶抢似的，拢的拢农作物，卷的卷晒垫，盖的盖塑料布，如果左邻右舍谁家不在，还得帮忙顺手收拾。这时候，人人跑进跑出，不亚于投入到一场紧张的战斗。

　　夏雨来得急，走得也快。暴雨过后，河水陡涨，地面上一汪汪的积水，房前屋后的沟沟渠渠中，浑浊的雨水急促地流淌。小伙伴们都跑出来，欢呼雀跃，高声唱着："出太阳，下白雨，下去下来有得雨。"

　　雨后最快乐的事情当是玩纸船。我们会折各式各样的船，从最不起眼的土划子，到高大上的军舰，还有乌篷船、双体船、帆船……我们将纸船放进水沟，看它顺着水流慢慢漂走，渐渐消失在远处。有时也会跟着它走，看它能漂多远，怕它翻。有时也会到河边去放纸船，但总是不成，河水浪大，纸船刚放上就被打翻，扶起来也是没有用的，因为纸船很快就湿透了。常常又是心疼又是沮丧，呜呼，我的小船儿！

　　玩泥炮也很相宜。就是将泥捏成碗状，薄薄的一层底，正面置于掌上，然后猛地翻过来朝地上狠狠摔出，只听"砰"的一声，炮底炸出一个大口子。谁的声音响亮就算胜出，赢家有权在输家泥炮上取一块泥将自己的缺口补上，输家的泥炮便越来越小，直到输完。普通的沙土是不宜做泥炮的，得用那种黏稠的黄土，泥和得干稀也有讲究，太干了不易炸开，太稀了又成不了形。

　　地面泥泞湿滑，小朋友们得穿上套靴才能出门，如果能穿双深筒套靴，且不带补丁的，那便相当拉风了。记忆中自己从来没有这样拉风过，因为没有一双属于自己的深筒套靴。也曾有好心人给过我一双，但是浅帮的，打着补丁，要命的是那补丁不仅多，且是用淡红色的自行车轮胎补的，和那深黑的本色极不相称，我就不肯穿。父亲倒是有一双深筒的，虽然也有补丁，但毕竟补丁不多，且和本色一致。有时就偷偷穿出去，终是过大，松松垮垮的，纵使很小心地迈着小步，但还是有时候脚是迈出去了，套靴还牢牢地钉在泥里。

雨天的鞋具，除了深筒套靴，还有一种叫"木挺子"的，现在才知道正规的叫法应是木屐，穿上它走路时响声很大，而且身后必留下一行深深的印，叶绍翁的诗"应怜屐齿印苍苔，小扣柴扉久不开"说的就是它吧。穿"木挺子"走不快，也没有深筒套靴那么防水，更重要的是它显得特别土气，所以我们小朋友多不爱穿。

踩高跷也有无穷的乐趣。现在踩高跷几乎成为民俗活动了，但儿时却是雨天孩子们必备的交通工具。乡下的土路，一下雨就泥泞不堪，除了穿套靴，就只能踩高跷了。我们偏不好好踩着，偏要玩点花样儿，或蹦着走，侧着身走，或故意迈很大的步子，或互相追逐。常常弄得满身是泥，但开心确是实实在在的。

2015. 6. 26

队　屋

儿时，坐在家门口，便可望见幸福河对岸横着一排青砖青瓦的房子，明显比一般农舍高大些，房前是平整的禾场，远处都是一望无际绿油油的庄稼，这就是记忆中的队屋。

队屋其实就是生产队的公用房。那时我们管农村叫队——村上叫大队，村组叫小队，生产队的房子自然就叫队屋了。

队屋由五六间房子组成，分成粮屋、储屋、机屋、牛屋、食堂，旁边还搭着几间低矮的小屋，那便是养猪和堆放灰粪的地方。粮屋甚是宽敞，墙上挂有社员每月的工分榜——高高的，我们小孩子总是够不着——地上铺着塑料纸的地方堆着粗粮，四周用围席围住，细粮则装在木制的大黄桶里。储屋存放着各式农具，有犁、耙、锹、洋杈、冲担、板车、喷雾器、风车、扫帚之类。机屋则是存放抽水抗旱机器的地方。最难忘的还是食堂：那高高的灶台、巨大的铁锅，那墙角边堆得像小山似的萝卜和白菜，那从梁上吊下来、下面系着一大块白布的打豆腐的十字架，那热气腾腾的大蒸笼和飘香的豆腐花，那不知用了多少年的石磨，那头被眼罩罩着、不紧不慢地转着圈的毛驴……

真的，想到这些时，我的眼角竟有些湿润了。

队屋最繁忙的时候应该是"双抢"时节吧。双抢就是早稻收割和晚稻播种交替的时间，在七月下旬到八月初，必须在立秋之前完成。短短半个多月，要一气完成早稻的收割、脱粒、晾晒、归仓，晚稻的犁田、灌水、插秧，那真是在跟老天爷抢时间。天刚麻亮，队长就开始喊工了："社员同志们注意了！今天的任务是到后湾割谷，男将们带上冲担，妇女们带上镰刀。"大人们便匆匆扒上几口饭，陆陆续续出发了。

那正是暑假时候，小朋友们没什么事，也常跟着去。倒帮不上什么忙，无非就是给大人送点凉茶什么的，有时也试着学插秧，插的秧自然是歪歪斜斜，稀密不匀，大人们还得返工。但水田里自有我们的乐趣，我们最喜欢野生荸荠（我们叫它"皮雀"），小小的，甘甜异常，每找到一颗，胡乱在衣服上擦擦就塞入口中。但我们最常做的事情是在田埂上寻找黄鳝洞，一旦找到洞，准能抠出一两条黄鳝。田埂边的泥地里偶尔也能找到泥鳅窝，有时还能捉到乌龟。对于乌龟，大家不过只是玩玩后扔掉，那时是不兴吃这个的。

晚饭过后，队屋前的禾场中央高高竖起几盏大白炽灯，大人小孩都向这里聚集，禾场上于是灯火通明，人声鼎沸。脱谷机隆隆的声音响起，人们按照分工忙碌起来：有的运送谷草，有的将谷草散开均匀地摆在机器入口处的皮带上，有的拿筐装脱下的谷子，有的负责收捆稻草，孩子们则在刚脱过谷的稻草上摸爬滚打，追逐逗闹。机器的轰鸣声和大人小孩的欢笑声交织在一起，谱写成一首动人的劳动交响曲！

队屋最热闹的时候是过年杀猪分肉。七八个壮劳力将猪死死按在门板上，那猪自知大限已到，拼命地挣扎、嚎叫，但终无济于事……放完血后接着打气，就是在四肢割开一个口子，用打气筒打入气，好将皮和肉分开。打完气后的猪便鼓胀起来，一下子大了好多。

　　分肉开始了，猪头、排子、坐臀、猪腿、五花、下水，一溜摆开，大家按抓阄顺序分取，每个劳力能分到一斤半肉。母亲去世得早，祖父母更早已过世，家里就父亲一个劳力，所以我家每年就只能分到一份。但父亲一般不要肉，却要猪舌和猪肝，这样我们家能分到两个猪舌和半斤猪肝。父亲爱将猪舌卤着吃，大约他是特别喜欢卤猪舌的。至于猪肝，父亲说猪肝好，能养血呢。其实大家也都是这么说的，所以那时候猪肝比猪肉要金贵。

　　自然，队屋留给我的也并非全都是美好的记忆。记得村里有个疯子，有段时间总在队屋周围转悠，我们就都不敢靠近，因为他有暴力倾向，听说还拿砖头砸过人。后来，家人只得用铁链将他锁在家中，队屋才又恢复安宁。又一段时间，队屋出了一只啄人鸡。那是只公鸡，高大凶猛，见人就啄。记得有一次我曾与它迎面遭遇，眼见它扇着翅膀就要扑过来，吓得我落荒而逃，但仍是逃不脱，屁股被它狠狠啄了一口，那种生疼，至今都忘不了。

　　最不堪的是一次失败的偷瓜经历。那时候，队上有瓜田，种的多是白瓜、香瓜、油瓜之类，西瓜却很少种，大概是土壤不适合吧。但有一年，队上竟种上西瓜了。我们几个小伙伴几番侦察，发现西瓜已经有皮球大了。一晚，我和阿军决定去偷西瓜。我们乘着夜色，蹑手蹑脚地潜到瓜地，我挑到两个较大的，一时不好拿，便脱下长裤，把裤腿打个结，正好瓜放在裤裆部，提着挺顺手。我们拎着战利品正要离开，突然，阿军脚下一滑，只听"哎哟"一声，他重重地摔了一跤。这下可好，看瓜人听到声音，一边高喊着"有人偷瓜"，一边追过来。阿军也顾不上疼，瓜也不要，爬起来就跑，我却不舍得瓜，于是提着裤子去追赶阿军。哪里还有阿军的影子！后面的追赶声又紧，我慌不择路，跑到队屋旁边，看到旁边的矮屋堆着一大堆草木灰，便灵机一动，将裤子连瓜塞进灰堆里，然后顺着队屋后面逃之夭夭。

第二天起了早床，想着去把裤子和瓜取回来，可是在灰堆中扒了又扒，什么也没有，大约是被看瓜人拿去了吧。真是偷瓜不成，反蚀一条裤!

2015. 7. 20

一枚鸡蛋

又是一年端午节。昨天上菜场时顺便带回来三个粽子，聊作应景而已，其实一家三口都不爱吃这个。

看朋友圈晒着各式粽子，算是营造出了些许节日氛围。记忆中的端午是透着浓浓的芳香和暖意的，像一瓶陈年的老酒。在湖北荆州一带，向来就有"五八腊"之说，意思是一年中有三个最重要的节日：端午、中秋和腊月三十。儿时，由于食物异常匮乏，对传统节日记忆的深刻程度是与食物的丰盛程度成正比的，因此，对端午节的记忆应该仅次于大年三十吧。因为，乡下人家这一天除了吃粽子，还要煮鸡蛋，发油条、馓子，经济状况好的人家，甚至还准备了盐蛋和皮蛋，总之，一大波美食来袭！

然而，这些都是别人家的，我们家从没有过这样的丰盛。连端午节的标配——粽子，也几乎是——说几乎，是因为我们家确也包过那么一两回——没有的，自从母亲过世后。好在端午前一天，堂伯家都会送一提两提粽子过来，但也仅限于粽子，其他比如鸡蛋他们就从没有送过。毕竟，那时候物质相对匮乏，他们家也不是多么宽裕的。但儿时的我并不能完全理解这些，总觉得他们有些小气，因为他们自己总会用地米菜（注：一种野菜，味清香，可食用）煮一锅鸡蛋。这天偶尔去堂伯家串门，闻到从他们家飘出的地米菜的香味，幻想着自己要是能吃到地米菜煮鸡蛋……那种既眼馋又不敢讨要，百般的羡慕嫉妒恨，那样五味杂陈的复杂心情，真的是难以表达出来。

父亲并不爱吃粽子，我们三姊妹也不爱吃，这可能是我们家几乎不包粽子的另一个原因，毕竟再穷，过节包几个粽子大约还是做得到的。但父亲爱做火烧粑，就是将面粉和好，揉成饼形，待充分发酵后，在锅里烙熟，外观略带焦黄的那种。可惜，父亲做的火烧粑从不放糖精（那时大家都是用糖精代替糖的），味道淡淡的，毫无甜味，所以我不怎么爱吃，只喜欢外面的那层焦黄的壳。

我的好伙伴阿盛却特别爱吃我家的火烧粑。

有一年，又快到端午节了，阿盛找到我，问："你们家今年会不会做火烧粑呢？"

是啊，毕竟父亲也不是年年都做的。我说："不知道呢。"

阿盛想了想："这样，你留意一下，看你爷（我管父亲叫爷）这两天会不会买面粉回来。"

这家伙也太鬼精了吧。我以为他只是想白要，心想也不能这么痛快就答应了他，就故意逗他："就算我家烙了，你怎么知道我一定会给你呢？"

阿盛急了："我又不白要，用鸡蛋换还不行吗？一个鸡蛋换一个粑！"

我一听鸡蛋，堂伯家地米菜煮鸡蛋的画面瞬间就闪现了出来。真的，上一次吃煮鸡蛋都不知道是哪一年的事了，赶紧答应下来。

"好，用鸡蛋换，一言为定！"

过两日，父亲还真称回来一小袋面粉。我第一时间就把这个好消息告诉了阿盛，他自然也很兴奋。我们约定了交接的地点，待到我家火烧粑做好就行动。我们互相憧憬着得到心爱的食物那幸福的一刻。

端午节这天，一大早父亲就开始忙碌起来，和面，揉匀，再分成一个个小面团，揉成圆圆的形状，再压扁，面上撒上些许芝麻——这可是极少有的，阿盛这小子有口福了。完成这些工序后，就将饼坯用纱布盖上，只等它完全发酵，这个过程叫"醒面"。这段时间，我进进出出，密切观察着面坯的变化。阿盛也三番两次借口找我玩，过来打探情况。

直到下午，面坯终于"醒"过来了。姐姐点燃灶，父亲将面坯小心贴在铁锅的侧壁，在锅底放少许水，等到一面烤熟后，再翻到另一面。不久，两面焦黄、中间透香的火烧粑就出锅了。

早已急不可耐的我找个借口，揣上一个粑一溜烟跑了。

来到我和阿盛约定的地方——村子前头的幸福河边，这小子居然已经在那里了。看来他比我还急，我知道，他家的鸡蛋一大早就煮好了，就等着我家的火烧粑。

火烧粑几乎是被阿盛从我手里夺过去的，他连咬几口，嘴里啧啧着："香，真香！"一边又对我说："明年我们还换吧——不！以后年年都换！"

"喂，鸡蛋呢？"他那贪婪的样子竟让我一时有点怔，半晌才回过神来。

"哦，差点忘了。"他有些尴尬地笑笑，赶紧从裤子口袋中掏出一枚鸡蛋，递给我。

我伸手去接，意外就在那一刻发生了，因为他的注意力全在火烧粑上，递的时候就很漫不经心，我一下子没有接住。只听"咚"的一声，鸡蛋掉在地上，飞快地沿着斜坡滚下去，眨眼间就消失在河里了，只在水面上留下几个小水泡。

我们都十分懊恼，我的眼泪差不多在眼眶里打转了。阿盛安慰我说："没事，没事，你在这等我，我回家重新拿一个。"他便慌慌张张地跑了，手上还捏着半个火烧粑。

很快，阿盛回来了，果然揣着一枚鸡蛋。

虽然来之不易，不知为什么，那枚鸡蛋我反倒吃得不是特别香。

第二天，有消息灵通的伙伴告诉我，阿盛昨晚挨打了。我问是什么原因。

"好吃呗！不知从哪里讨人家的火烧粑吃，还把妹妹的鸡蛋抢走了，他爸回来知道了，好一顿揍！"

我"啊"的一声。

"揍揍的时候，他妹妹在一旁还添柴加火，说没准火烧粑是偷人家的。阿盛只一味沉默着，也不辩解，没准还真是偷的呢！"

"胡说！"我怒不可遏，突然就吼一句。那家伙瞬间就石化了，呆在那里，莫名其妙地望着我。

我退下来，脸上有种火烧的感觉。原来，阿盛中途回去给我拿的那枚鸡蛋是抢他妹妹的。

隔天，再碰到阿盛，想安慰他，甚至想对他说声抱歉，但看他若无其事的样子，又怕太唐突，怕他会尴尬，最后终于什么也没说。

第二年端午，我们没再提鸡蛋换火烧粑的事。第三年也没提。

2017. 5. 30

钓鱼趣事

我很少钓鱼，也不怎么喜欢钓鱼，其实也根本不会钓。

想起来，最近的一次钓鱼也是在七年前了。同事三人，相约到潮州郊外的一条小溪垂钓。半天时间，我只钓到一条小鱼儿，两个同事则是你一条，我一条，杠上了似的，不停地起鱼，我在一旁只有干瞪眼，和他们换窝子也没有用，那种挫败感，自不消多说。不过那次的结果倒是相当让我意外，他俩钓的鱼全都给了我，说是看在我第一次陪他们钓鱼的分上。

但内心是真心羡慕那些钓鱼好手的。我在沔阳亲戚家生活时，亲戚家附近有一条很大的河，叫东荆河。常常能看到河中有轮船经过，桅杆上飘着红旗，舷边挂着救生圈，鸣着笛，慢悠悠消失在河的尽头。河边是松软的沙滩，沙滩里有不少贝壳，最常见的是河蚌，喜欢埋在河边的浅水中，我们把它抠出来，想把它的两扇壳掰开，常常需要费好大的功夫，有时纵使是使出浑身的力气也掰不开的。还有一种小个的，较圆，我们叫它"沙壳子"，百度一下，学名似乎叫河蚬。也能找到一种长形，壳的颜色较浅，类似海蛏子的，忘了它叫什么名字了。突然想起，小时候家家户户都用的一种抹脸和抹手的护肤品，叫蚌壳

36

油，不知是不是用河蚌的壳制成的。

第一次看钓鱼就是在东荆河边。有一次和小伙伴到河边玩，看到一钓鱼人在刷刁子鱼，鱼竿很细，也不长，只见他飞快地把线甩出，又迅速拉回来，也不用取鱼，鱼随着拉回来的线直接掉在河岸上。他就这样不停地刷，不一会儿工夫，河岸边遍地都是鱼。我看呆了，钓鱼原来如此简单啊！

后来才知道，这只是钓刁子鱼才用的一种特殊钓法，通常钓鱼，都需要极大的耐心，半天都钓不到一条鱼也是极常见的。

记忆中自己第一次钓鱼是从沔阳回到故乡后。大队旁边有一个小池塘，不大，水面长满了浮草，那是一种下面有长长的根，叶片近圆形，深绿色，莲座状排列的水草，因为可以喂猪，我们叫它"养猪草"。有养猪草的池塘是不宜下水的，因为接触了这种草，身上会奇痒无比。一次，小伙伴送我一枚鱼钩。我找来一根竹竿，绑上一根细线，一副鱼竿就算大功告成。先挖几条红蚯蚓用作鱼饵，来到池塘边，扒开水面的养猪草，都没有打窝就直接下竿。不一会儿，就感觉线在往下沉，连忙起竿，有了！都是那种半两左右的小鲫鱼，偶有大些的，也超不过二两。

小半天工夫，就钓上十来条，收工回家，一家人美美地享用了一顿纯野生的鲫鱼大餐。

那个年代，钓鱼根本不需要靠技术，因为鱼实在多。且不说江河湖泊，就是那些毫不起眼的小沟小溪里都满是鱼。但那时候，钓鱼的人真不多，大人们有忙不完的农活，每天早出晚归，根本没时间去钓鱼。即使偶有人为之，也会被人取笑，说轻点叫不务正业，说重点那是搞副业，脱离集体，是不允许的。孩子们钓鱼则纯属娱乐，毕竟我们那时候，好玩的东西真是太多，偶尔实在无聊了，才会想到去钓鱼。

我们不常钓鱼，因为还有很多别的办法抓鱼的。有一种办法是用脸盆"端"。盆里先放置少量鱼饵，再拿一块塑料蒙住盆口，中间开一个小洞，然后拿去沉入塘里，约莫一个时辰后，端出脸盆，里面就钻进了满满一盆鱼。

　　小沟里的鱼，我们直接下去捉。当然，只要鱼还在水里，都不那么好捉的。我们自有办法，如果沟较长，就先在适当处筑一道坝，然后拿来脸盆，将坝内的水舀出，几个小伙伴配合，也不需要太费功夫，因为水沟里的水也不深，这真是涸泽而渔啊。眼见那些小鱼小虾在沟里蹦蹦跶跶，甭提多高兴了。

　　这种办法不仅可捉到鱼，也能捉到泥鳅和黄鳝。通常，捕黄鳝要用工具的。捕黄鳝的工具极为简单，取一根细钢丝，一端弯成钩，穿上诱饵，也多用蚯蚓。黄鳝生活在水边的洞穴里。洞口极易辨识，圆圆的，滑滑索索的，常附有白泡沫。发现洞口后，将钩缓缓伸入洞内，轻轻来回拉动，诱使黄鳝上钩，待咬钩后，顺势拉出即可。不过，我们很少用这种工具，而是用一种极为简单粗暴的方法，就是用锹挖。因为水被我们排干了，它也无处可逃，直接把它的洞挖开，如果我们实在抓不到，眼瞅着它要逃跑了，一锹下去，就首尾两端了。

　　甚至还在水田里捉过鱼。有一年夏天，连下几场暴雨，鱼塘漫水了，塘里的鱼就跑到了水田里。大家闻讯后都去抓，有的端着盆，有的提着桶，有的带着赶罾子，有的拿着鱼叉，没有工具的就直接用手捉，用脚踩。那是南方农村最常见的一种养殖鱼，学名白鲢，我们习惯叫"家鱼"。男女老少齐上阵，那场面，真是人声鼎沸，蔚为大观。

　　我们不仅钓过鱼，还钓过青蛙。找一根竹竿，细细的，不要太长，系上线，在线尾部再系上一小团棉花，就可以开钓了。当然，我们通常会撒泡尿在棉花上，这样更容易吸引青蛙上钩。有时候，几个小伙伴在一起，谁都不肯撒，只好划拳解决。那年代，青蛙到处都是，根本不用刻意去找，小沟小塘，田边菜地，路边草丛，无处不在。我们钓青蛙纯属为好玩，不是为了吃。那时候很少有人吃这个。连乌龟我们也不兴吃，棉花田里乌龟多得是，我们捉到了也只玩玩后就把它们放掉。有时都懒得捉它们，因为我们嫌弃它们身上的那股膻味。

2017.7.24

电笔与电水

从跨进校门的第一天起，就开始和笔墨打交道。参加工作后，由于职业的原因，也一直没有离开过笔墨。当然，随着电脑和手机的普及，笔墨的使用已少了许多，书信渐渐被邮件、信息和微信所取代，手写备课本也是刚参加工作时候的事情了，这么多年来，备课都是在电脑上敲敲打打，我们的行话叫多媒体课件制作，颇有点唬人。只有到学期末批改试卷时，才用得上笔。而且，现在的笔也不同于以前，基本上是中性笔一统天下，钢笔基本上看不到影了，也就无须墨。笔墨笔墨，其实只剩下笔，不见墨了，呜呼！

人生用的第一支笔，不消说，自然是铅笔。我是在沔阳堂伯家寄养时上的小学，堂伯家因为孩子多，老大和老幺年龄相差很大，老幺跟我同年，老大的孩子，也就是我的侄儿，只小我一岁。我们仨就在同一所小学上学，而侄儿的母亲、我的堂嫂，正是我们的老师。

刚上学时，我们还不会削铅笔。每天晚上，堂嫂都会将一大把铅笔削好，然后一一放进我们的书包。学期伊始，新书发下来，堂嫂便从学校拿回几本旧画报，很认真地将每本课本的封面包好。当然，我们的课本极少，只有语文和算术。那个年代，彩色纸张极少见到，更不消说画报了，又厚实，又光滑，质地又好，何况上面还有令人着迷的图片。每次接过堂嫂包好的书，我兴奋无比，反复看着画报上从未见过的大山大河（我第一次见到山是去武汉上大学时，看到黄鹤楼下的蛇山，还激动了一会儿，其实蛇山海拔不到百米）、开着拖拉机笑逐颜开的农民、英姿飒爽的边防战士、在火炉前奋力炼钢的工人……带着这样的书走进课堂，内心竟然会生出一种莫名的优越感，因为很多同学的书都没有包，偶有包的，也不过用的普通报纸。

过两年，开始用上油字芯笔，爱省钱的同学只买根笔芯，再找来半截筷子，用线将笔芯和筷子缠在一起，一支半手工笔就算告成。也有极个别经济条件好的同学早早用上了钢笔。记得我上小学四年级时，我的同桌，是一个女生，就有一支钢笔。有一次，她将笔放在桌沿，被我不小心碰到了地上，女生拾起来，取下笔套一看，当场就"哇哇"地哭了，一边哭一边要我赔她的笔。我一看，那笔尖变弯了，当时人就吓傻了，僵在那里，不知如何是好。这时，老师走过来，拿起笔看了看，笔尖确实有点变形，我以为挨老师一顿批评、赔一支笔肯定是逃不脱了。没想到之后的剧情陡转，老师像警察办案似的，仔细向女生询问了事情经过，特别问女生："笔掉下去时笔套是拧紧了的，还是没拧紧？"女生不明究竟，答道："当然是拧紧了。"老师说："如果是拧紧了，掉下去应该保护着笔尖，笔尖不会变形；如果没有拧紧，那还有可能是掉下去时笔套碰到了笔尖，你既然肯定拧紧了，那应该不是掉下去摔坏的，可能之前笔尖就有问题。"老师一边说，一边拿笔演示给女生看。我心里完全不认可老师的道理，人家好好的一支笔，掉下去后变形了，还有什么好说的呢？但当时女生竟然无言以对，此事也就不了了之。若干年后回想起此事，我想可能是因为老师知道我家穷，真要我赔的话于心不忍，所以有意为我开脱吧。

　　用上钢笔应该是上初中以后。我们那时候把钢笔叫"电笔"，墨水也就叫"电水"，其实我到现在也不明白我们为什么那么叫。在网上看到一种说法，"电"应该是"靛"，靛是纯蓝色的意思，那时用的墨水都是纯蓝色的，所以叫"靛水"，钢笔也就叫"靛笔"了。但在我心里，一直都以为是"电"字的。

　　那时，有一支好点的电笔是无上荣耀的，记忆中的电笔好像多为上海产，如"永生""英雄""金星"等牌子。男老师们爱将笔插在上衣口袋处，有的甚至插上两三支，在胸前一溜排开，那感觉，走路时头都比别人抬得高。那时流传一种说法，胸前插一支笔是小学生，两支笔是中学生，三支笔是大学生，笔的多少竟成了身份差异的标志，仿佛代表军人军衔的肩章一样。听说有老师用的是非常奢侈的依金笔，也只是听说而已。

　　上高中后，电笔虽然使用已较为普遍，但在我们的各种文具中，仍算是最贵重的，所以大家尤为爱惜。笔套摔破了，贴上橡皮膏，笔套滑丝了，里面垫上一层纸再拧上，装电水的胶囊套口处漏电水了，用细线绑紧。有的同学怕电笔被偷，专门请工匠在笔套上刻上名字。电笔用久了，写字时笔尖会有点分叉，就将笔侧着写，反过来写，实在不行了，就花五分钱换一个笔帽子。总之，不到万不得已，是舍不得扔掉的。

　　隔不了几天，笔尖和背面的毛细装置内有电水的沉淀物附着，影响书写的流畅度，电笔的清洗便成为日常工作。如果在课堂上，只能用废纸擦拭，回到家，用清水洗，有时，还得把笔尖拆下来，将笔尖和毛细装置用小刷子仔细刷洗干净。

　　高中学习尤为紧张，上课自不必说，每天固定八节。就是课间，大多数同学仍在看书，做练习，晚自习要到十点，所以从早到晚，不是在听讲，就是在做题，笔墨用得尤多。经常写着写着，没电水了，有些同学不喜欢带电水进教室，而是放在宿舍里，因为电水放在课桌上比较碍事，容易泼洒，或者带是带了，但电水瓶不知什么时候已空空如也，这时候只好向同学借。拧开笔套，将笔伸进电水瓶，狠狠地捏几下笔囊，然后取出，翻过来，让电水下到笔囊底部，再捏住上面空的部分，重新伸进电水瓶里，猛然放开，最大限度把笔囊汲满。因为隔日是要还的，所谓"有借有还，再借不难"，反正要还一整笔囊，借的时候当然也要装满，不能做亏本买卖。这个顺口溜后面两句就有些恶毒了，"借了不还，全家死完"，呵呵。如果同学也没带电水瓶，只好将他的笔尖对准自己的毛细装置，挤出若干滴，当然，这种情况通常是不必还的。

我们用的电水牌子极为单调，不是"鸵鸟"就是"黄鹤楼"，颜色一律是纯蓝色，高中时才开始出现带着淡淡香味的蓝黑或纯黑色碳素电水。我们是不许用红电水的，那是老师的特权。有一阵子，我特别想用红电水。一次放月假回家，无意中翻出一包颜料，看起来是红色的，就用水冲兑调制，想做成红电水。弄好后灌进笔囊一试，那颜色红不红紫不紫的，又太淡，真让人大失所望。

2017. 9. 14

02

第二辑

本辑是一组抒情、记事、游记、读书笔记等散文

我想着这一天

自从定下来相聚的这个日子——2014 年 1 月 18 日，每天就在热切地期盼这一天的到来。

从 1984 年到 2014 年，光阴已逝去了整整三十年。

什么样的等待需要用三十年去守候？！我们相望三十年，苦等三十年。如今，三十年过去，你我两鬓泛白发，人生几近半。

这些年来，我们一路打拼，在人生的道路上孤独前行。我们活得好苦好累，寂寞时无人倾诉，痛苦时难觅慰藉，欢乐时不能分享，失意时没有鼓励。

这些年来，我们天各一方，杳无音信。多少次翻弄手机里找不出的号码，多少次提笔又无奈放下。"泪纵能干终有迹，语多难寄反无词。"

任思念凝成月下白霜，任牵挂涨满窗前秋塘。

……

终于，那期盼的时刻就要到来了！

我亲爱的同学，我想着这一天，剥下所有的伪装，摘下所有的面具，拆除所有的设防，尽情地举杯。我会开怀大笑，笑得肆无忌惮，笑得粗野狂放，笑到眼泪横飞，一任尘封的记忆喷薄而出……

我亲爱的同学，我想着这一天，抛开所谓的矜持，卸下所谓的儒雅，砸碎多年来为自己刻意雕琢的所谓形象，尽情地举杯。我会放声恸哭，哭得酣畅淋漓，哭得惊天动地，哭到寰宇停转，一任幸福的泪水模糊双眼……

我亲爱的同学，我想着这一天，我会忘记你已是老总，是官员，是工程师，是学者，是教师，是商人……我会忘记你已为人夫，为人妻，为人父，为人母。我只记得你还十七八岁，你还是那个青涩、懵懂、稚嫩、不谙尘事的少年。

我还会仰慕着你，也嫉妒着你；我还会欣赏着你，也怨恨着你；我还会关注着你，也疏远着你。其实，我早已没有了嫉妒、怨恨、疏远，只剩下了爱，只剩下了想念、牵挂、祈祷和深深的祝福！

我想着这一天，我还会打趣你，挖苦你；我还会捉弄你，嘲讽你；我还会在你的背上贴纸条，我还会肆无忌惮地叫出你的"诨名"——"骡子""蚂蚁""十二点""墩哥""二两""刁师爷""幽默专家""外交部长"……那一大堆古怪搞笑的名字。无论你欣然接受，抑或脸红恼怒，无论怎样，我认为那还是最生动、形象、鲜活的你。

我还会记起在课桌上画的那条"楚河汉界"。你记得吗？我曾经默默地记下了你越界的次数，并有一天终于忍无可忍地向你宣布：再次违反将面临断交的严重后果。而当你果真再次违反时，我假装没有看见，其实内心已经向你缴械投降。

我还会记起你弄脏我绿色军衣的那团墨迹；我还会记起那次单元考试你满口答应但终于没有扔出的小纸条；我还会记起为一道题的解法与你争得脸红脖子粗；我还会记起有次将你那篇滑稽古怪的作文不

怀好意地在班上大声朗读，引来众人笑声一片。

我亲爱的同学，我还会记起你飘逸的长发和绯红的面庞，你曼妙的身姿和婀娜的背影；我还会记起你盈盈的笑声和顾盼的眼神，你沉稳端庄的气质和聪慧灵秀的淑女模样；我还会记起那次莫名其妙的冲突；我还会记起那封构思长久但始终没有勇气发出的信。

我还会记起同桌的你，睡在上铺的你；我还会记起你的那个日记本和那些涂鸦的文字；我还会记起你那把宝贝似的廉价吉他和成天揣在裤兜里音符已然不全的那把口琴。

我亲爱的同学，我还会记起那破旧的三层教学楼，那低矮的食堂，那拥挤不堪的寝室，和那口挂在操场边的老钟。

我还会记起那位操着满口方言的化学老师，那位几乎和我们一样青涩、见到女生会脸红的物理老师，那位严厉到甚至对学生动过手的数学老师，和那位和蔼可亲、每天准点敲响钟声的门房老头。

……

我亲爱的同学，我想着这一天，我们一起重步那熟悉的操场，重进那熟悉的教室，重听那熟悉的书声琅琅……去重温那紧张清苦的寒窗岁月，去重忆那热情激扬的年少时光。

我亲爱的同学，我想着这一天，我们漫步于小镇那窄窄的青石巷道，流连在那飘香的小吃摊边，徜徉在那杨柳依依的汉水堤旁……去找回那快乐的日子，去拾取那青春的记忆。

历经风雨写春秋，滚滚红尘几沉浮。三十年一路走来，无论是成功辉煌，还是失意彷徨；无论是意气风发，还是徘徊沮丧；无论是一路坦途，还是岁月蹉跎，应该说，生活的辛酸苦辣都感受了，生命的悲欢离合都经历了，人生的成败得失都领悟了。当我们重新聚在一起，重新回到最初的出发点时，我们不禁唏嘘感叹，原来在青春和友谊面前，这一切都不重要！

……

　　来来来，我亲爱的同学，让我们热情地拥抱，尽情地倾诉，纵情地欢唱！

　　来来来，我亲爱的同学，让我们举杯，为青春，为友谊，为梦想！

　　（本文写于作者高中同学入校三十周年聚会前夕）

2013. 12. 31

故乡的油菜花

又是一年春天来到了。

南方的春天和故乡的不同，这里四季常绿，鲜花常开，几乎没有明显的季节更替，因而反倒没有了春天的感觉。

故乡的春天总是来得悄无声息。在经历了一场肃杀的寒冬后，某一天，走在悄然解冻的河边，不经意间看到地上冒出了点点嫩绿，哦，春天来了。

很快，成片的小草争先恐后从地下冒了出来，河边的垂柳吐出新绿，田野里一望无际的麦苗绿得油亮。空气中混杂着泥土与青草的味儿，和着叽叽喳喳的鸟鸣，随着柔柔的春风扑面而来，好一种心旷神怡的享受！

野外的人渐渐多起来了，走路的，下地的，踏青的，三三两两，赶趟儿似的。孩子们呼着热气，也出来活动了。男孩儿打弹子，滚铁圈，玩纸飞机；女孩儿跳绳，踢毽子，跳房子；或是在草丛中打滚，在菜地里捉蝴蝶，在田埂上放风筝。放学回来，农家孩子可顾不上它什么作业的，有孩儿王一呼："走嘞！"大家直奔田间地头，追逐，打仗，嬉戏。

孩子们爱自制玩具。用麦秆做笛子是最常见的，在麦地里随手抽一根，掐一截，含在嘴里就能吹响。制作陀螺鞭子最好的材料是冬青树，长得直，粗细还合适。那其实是一种灌木，多种在人家房前屋后作篱笆用的。或折一条柳枝，用衣角包住，然后用牙咬住根部刷过去，皮连同树叶就退到枝尖缩成一团，我们管它叫"盐老鼠"。小伙伴们各自拿着自己的"盐老鼠"，相互显摆，比谁的更漂亮。有时候，为了寻到一根上好的材料，需得上树去折，女孩们就不敢了，站在树下，眼巴巴望着骑在树丫上的我们，不停央求着："帮我折一根，帮我折一根。"

故乡的春天，最惊艳的当数油菜花开的时节。春分过后，整个江汉平原突然间变换了一种颜色——那醉人的黄袭来了！开始还只是星星点点，散落在绿色之中，很快就成了势，不久变成纯粹的金黄，漫山遍野，金光灿灿，直逼人眼。

此刻，闭上眼睛，一张巨大的金黄色的画卷在我脑海中展开，它如墨、如泼、如抹。它仿佛是天上的仙女织就，又或是外星人的杰作。站在它的面前，望着那耀眼的黄，闻着那淡淡的香，我不觉深深地陶醉了！而当我看到黄色包围中的远处的村落，那么宁静、祥和，宛如仙宫一般，远离凡尘与喧嚣。恍惚中自己也挣脱了红尘，来到了另一个世界。

我承认，油菜花没有牡丹的富贵，没有玫瑰的妖冶，比不上水仙的高洁，甚至根本都算不上是花。她就像生长在乡野的农家小姑娘，素净中透着清香，质朴里略带野性，热情奔放，充满活力。那是一种未加雕饰的、原生态的自然之美！

看油菜花，视角很重要。如果只是近观，单个的油菜花，其实也不是特别好看，很普通的黄色花而已，形状也不算别致。但当她们簇拥在一起，连成片，形成海了，站在高处放眼眺望，天地之间，展开着一张巨大的金黄色的网，那才是油菜花的美，铺天盖地，气势磅礴，蔚为大观！

是的，看油菜花，站在高处，极目远眺，但我还是宁愿走近她，和她零距离亲密接触。徜徉在花海丛中，贪婪地呼吸她的芳香，任花瓣轻轻拂过脸颊，又一次感觉自己远离了纷争烦扰的尘世，内心是如此的纯净和安宁。和同学一起踏青，没有猜忌，少了繁赘，无须设防，毫不掩饰，有的只是无拘无束，有的只是纵情开怀，有的只是快意释然，到哪去找这份淋漓尽致的感觉呢？

所以，尽管距上次同学聚会才过去一个多月，当相约荆门看油菜花时，远在千里外的我没有犹豫就决定参加了，也是想念着那帮可爱的家伙，也是想念着故乡的油菜花。真的，好多年没有探访她的踪迹了呢。

2014. 3. 1

我想拥有一座房子

　　我想拥有一座房子，愿它筑在空旷的海边，面朝大海，春暖花开。面朝大海，是那样的随性由情，无拘无束。或在大海里追波逐浪，如雄鹰搏击于长空；或赤着一双脚，在软软的沙滩上漫磨时光。如果能约上二三友人，"浴乎沂，风乎舞雩，咏而归"，那又是何等的惬意呢！累了，静静地坐在海边的小屋里，焙一壶新茗，围炉静坐，临窗听海。在海涛声中，我常常能痴痴地陶醉好久，这世上，再没有什么声音能像海涛那样富有感染性和穿透力了。那雄浑的，低沉的，似从遥远的亘古穿越而来，像历史老人声声沉重的叹息，像悲情英雄的如泣如诉，像忧国忧民的先圣执着的呐喊。"沉思往事立残阳"，我仿佛来了个时空大穿越，又回到了那烽火硝烟的古战场，又见到了那个"路漫漫其修远兮，吾将上下而求索"的悲情老人，又听到了子在川上曰："逝者如斯夫！"

　　我想拥有一座房子，愿它筑在静谧的大山深处。"巍巍乎意在高山，汤汤乎意在流水。"白天，去踏访古刹高僧，诵佛悟道；或穿过密林幽径，翻开斑驳的断砖，寻觅岁月的踪迹。晚上，对月静卧，任月光静静地泻在身上。这时候，仿佛自己与大自然已完全融为一体，秋虫在我均匀的呼吸声中低鸣，淙淙的小溪缓缓地漫过心田，那样宁静而唯美，岂不正如那句"听得时光枕水眠"吗？天地有大美，恍兮惚兮，寂兮寥兮。在这寂寥和恍惚中，我仿佛乘风而去，飞向那无边浩瀚的宇宙。在那里，我看到了宇宙的大境界，那是从不曾见过的，即便在我眼前只作片刻停留，也让我有大惊喜，也让我获得极大的满足。

我想拥有一座房子，愿它筑在古老的村庄。屋前有棵老树，树下织着密密的葡萄架，屋后是一片菜地，种着各色果蔬，喂着成群鸡鸭。愿守着那袅袅炊烟，听着那鸡鸣犬吠。日出而作，或采菊于东篱，或耕种于西垄；日落而息，支一张藤椅，摇一把芭蕉扇，那样慵懒地斜倚着。这时候，村庄被宁静的夜色笼罩，各种有趣的声音次第登场，仿佛一场盛大的演奏会拉开了帷幕。大人唤孩子回家的喊声，婴儿的嘤嘤哭闹声，牛犊羔子"哞哞"地叫着，那是在寻找妈妈了。偶尔从邻村传来一阵急促的犬吠，仿佛极其遥远，那样袅娜地闪烁在耳边。纵使躺着的近处呢，也会有各种有趣的声音：青蛙的"呱呱"声，蛐蛐的"啾啾"声，草虫的"唧唧"声。还有些说不上名字的小东西，发出些奇怪的声响。如果再用心点，你会听到微风拂过树尖的"沙沙"声。仰起头来，在高而神秘的天空，正传来月的浅笑，星的密语。呵呵，多么美好的童话世界啊！只愿时光在这一刻长久地驻留。

我想拥有一座房子，即使只能选择在城市，唯愿它筑在无人问津的一隅，远离繁华、浮躁与喧闹。"一箪食，一瓢饮，在陋巷。"有朋来访，围炉夜话，相谈甚欢；一人独处，抚琴展卷，怡然自得。儒家的逐名也好，墨家的趋利也罢，那都不是我想要的。唯愿学逍遥的庄子，独与天地精神相往来。

什么时候，我们变得如此贪婪，只知永不满足地攫取了呢？什么时候，我们抛弃了理想和灵魂，重新退回到弱肉强食的动物时代了呢？

什么时候，我们的心已为形所役，沉沉的不堪负累了呢？想到乔布斯死前的那份绝望。在黑暗中，他看着那些金属检测仪器发出的幽绿的光和"吱吱"的声响，似乎感到死神温热的呼吸正在靠拢。他这才明白，原来生前赢得的所有财富都无法带走，能带走的只有记忆中沉淀下来的纯真的感动和与物质完全无关的爱和情感。呜呼！如果道德只退守为临死前的一抹悔恨的泪光，这份忏悔还剩下多少意义呢？

如果，我将失去一切，我只愿还剩下我的房子。愿脑海时时有和风轻送，将一切的浮躁、虚妄和贪恋都带走；愿心田之水时时有明矾在沉淀，过滤掉一切与物质有关的念想，唯留下来最真最纯的影像和情感；愿做一条溯洄而上的三文鱼，百折不回，纵使付出生命，也要回到那最初的地方完成生命的交接。海德格尔说："人应诗意地栖居在大地上。"恕我不能做到诗意了，我只想回到最初的简单，回到最初的真实而已。

我所要的房子，名叫自然、自由、自在。

2014.6.29

蛋蛋传

蛋蛋，吾高中同窗。文中多戏作，为增笑耳。

吾群（注：指作者高中同学微信群）中一男，目如炬，声如钟，行如风。行为放荡，举止轻浮，幽默奇趣，尤善滑稽搞笑，乃群中尤物耳。

人呼此男蛋蛋，乃其乳名，真名已不可考。传说太夫人临盆之时，天欲晚，独后山晚霞似火，俄见一巨龙腾起，光芒四射，一时亮如白昼。众方惊，忽听得室内异响，一男婴衔玉而生。是玉状如鸡卵，坚如金器。太夫人甚喜，曰：此子当非凡品也！遂以蛋蛋赐为乳名。

蛋幼聪，然甚为顽劣，嬉戏乎不寻常道。上房揭瓦，下田拔苗，偷鸡摸狗，打人毁物，邻里皆恶而避之。善泅，常邀三五小子，往汉江，出没于惊波骇涛之中，腾身百变，勇似蛟龙，轻如飞燕，久不近岸，以此逞能。

及稍长，太夫人送之于学堂。然蛋每逸学旷课，不思上进。后转于岳口，入中学堂。初，亦不改其顽劣。每师不在，必叫嚣乎东西，隳突乎南北，翻江倒海，称霸课堂。人不堪其扰，蛋亦不改其乐。或曰：竟无人治之？曰：师尚呼头痛，同窗能奈之何？

某日，师正授于课堂，蛋玩兴突起，动静大作。师怒而斥之，蛋亦怒，对峙乃师，跃跃然欲动手。或见事危，奔告于校长，即令其退学。太夫人闻之，亲往游说，费尽周折，此事方告平息。彼时，众人皆以为此子尽废矣。然，会试前某日，蛋忽孔圣附体，灵性开窍，幡然醒悟。终日挑灯夜读，悬梁锥股，竟一举中进士第。时人莫不啧啧称奇也。

既入太学，顽性方收，渐痴迷于国学。四书五经，唐诗宋词，华夏五千年之正史野传，竟皆烂熟于心。常苦读于藏书堂，初尝安分，然日日行走于浩瀚之书库，竟渐生歹意，遂干起偷书之勾当，未几，即成高手。蛋自以孙子兵法总结曰：书贴身藏，后神情自若而出，此乃瞒天过海之计；乘人多、守藏小吏应接不暇时，携书速遁，此乃浑水摸鱼之计；故将书囊置于桌，谎称出外小解而携书走，书囊则由同窗带回，此乃金蝉脱壳之计。最奇一招谓偷梁换柱计：薄书贴身藏，手持厚书以登记，然所登实为薄书名，小吏浑然不知，后即可顺理还薄书，而厚书归己矣。如是，全宋词计五本全数出，全唐诗二十又五册亦得二十册之多。其他如《三国演义》《水浒》《红楼梦》《西游记》等皆不在话下。不过期年，藏书堂厚书竟渐少，所剩几近薄书矣。人或责之，蛋振然辩曰："此乃文偷，自古有之。昔有匡衡凿壁偷光以成大器，近有孔乙己偷书苦读终成鲁镇名宿。清人袁枚亦言，'书非窃不能读也！子不闻藏书者乎？七略四库，汗牛塞屋，然读书者有几？……'况吾今窃书而读，岂非不是为国而读哉？"人曰："袁枚乃借……"蛋呛然曰："借尚可读，窃岂不更能苦读哉！"人复无言，默然而退。

学既成，乃供职于央企，薪颇丰，岁得帛五百匹。彼时，世风靡烂，蛋虽常行走于污淖之际，沉沦于秽浊之中，然终能慎守狷介之操，殊不易也。

癸巳年腊月十八，群首聚于岳口，众不相见已近三十载，自是兴致浓浓，然终能有所收敛。唯蛋性情大发，不能自持，席间豪饮无数，尤与女同学为甚，觥筹交错之间，终酩酊大醉。一时东西不辨，胡言乱语，忽笑忽泣，阴晴不定，众客皆忍俊不禁。

明年三月，值油菜花盛于江汉一带，荆门芳子邀众往赏。恰逢蛋差于京畿。初，或问之，蛋信誓旦旦曰："吾定归。"复问，亦然。是日，众齐聚于荆门乡野，徜徉于花海丛中，而独不见蛋影。群主大怒，立下旨：革去群内外诸职，保留群籍，以观后效。嗟乎！罚虽重，然岂非蛋咎由自取哉？幸蛋亦知错，后逢男便献媚讨巧，逢女便软语卖乖。数往返于潜、汉、天诸地，托情请命，上下打点，终得群主收回成命。

又五月，潜江龙虾出，蛋设龙虾宴于汉水边，客于四方纷至沓来，一时众乐融融。蛋与数男沆瀣一气，赤膊上阵。警花故逗之，蛋遂扮怪相，装泣容，饮交杯，一时丑态毕露，众宾客皆笑而涕出也！彼时，潜江美女文文亦至，初见蛋之可爱甚，暗生情。未几，即与蛋结为秦晋之好，不表。

一日，闻芳邀数女聚于岳口，蛋难耐内心之蠢动，星夜策马驰往，佯作探望，实欲觅下手之机。席间扶椅、把酒、搛菜、持汤，殷勤之至，众女皆喜，恍惚间醉意渐起。遂邀至歌所，于蒙蒙昏光之下，左拥右抱，上下其手，然意犹未尽。适琴欲孤身返，蛋毛遂自荐，假意护归。途中百般诱之，琴不为所动，蛋急，彼时已至屋前，蛋斗胆曰："可否拥抱作别？"张臂即欲熊抱。琴急中生智，侧目佯惊曰："何人？"蛋转身，空无人也，方知受骗，待回头，琴已遁矣。乃怏怏而返，文不悦，拒之门外，蛋自知理亏，遂自跪于榻领罚，一时又替文汲水，濯足，捶背，百般温存，文怒火渐消。

噫嘻！昔日纨绔劣子，今日终能成器。浪子回头，善莫大焉！爱之喜之，颂之传之。爱之者谁？群内诸君也。传之者谁？潮州太医也。

2014.11.22

生命的思考

——《生命的真相》读后感

常常喜欢思考生命的有关问题，探讨生命需从生物性着手。广义的生物是由物质、能量和信息三方面构成的，作为万物之灵的人，在此基础上多了个思想。所以，人有别于其他生物之处在于人有思想。

生命随机而来，又混沌而去。说它随机而来，是因为婚姻和生育均具有不确定性和随机性；说它混沌而去，是因为生命的消失并非物质的消灭，只是重新化成最初的混沌状态而回归大自然而已。

生命从本质上来说即是从生到死的连续性过程。生命的连续性表现在生命可看成是由过去、现在和将来组成的时光流。

过去已经定格，将来难以把握，现在呢，我疑心是没有。人们所说的现在通常是指刚刚发生的过去。如果非要说有，也只不过是高速奔驰的列车在眼前闪过的一瞬，那实在太短暂、太难以把握。所谓把握现在，不过是顺着生命的时光流走向确定会来但不知如何而来的将来。所以，通常意义上的现在是暗含了相对近的过去和相对近的将来的。

对于有的人来说，生命就是享受的过程，一切都安排好了，自己所能做的就是尽情挥霍。对于有的人来说，生命就是疗伤的过程，在伤痛与治愈之间不断重复往返。然而，对于大多数人而言，生命是由爱与恨交织而成的，注定既有成功又有失败，既有痛苦又有欢乐。只不过，苦与乐的分配并不均衡：乐为相对，苦为绝对；乐常患少，苦常恨多。在叔本华看来，痛苦是人生的本质，佛教也认为苦是生命的常态，不仅不适悦为苦，甚至乐也是苦。俗语说"人生之不如意十之八九"，所以说"人生苦旅"，这些都实在是没错的。

　　生命的结局是确定的一个字：死。然而，生命的全部意义恰恰是对生的追求，这就是所谓向死而生吧。生为相对，死为绝对；生乃短暂，死乃永恒。

　　活下去，那是作为生命的最基本诉求；有尊严地活下去，那是作为人的最基本诉求。

　　实现作为人的最基本诉求，就是人生追求的最大意义和价值之所在了。

　　谨以此文告别即将逝去的 2014 年。

2014. 12. 27

人生三论

之一：论幸福

关于幸福，有一段非常精彩的评论：小时候，幸福是一件东西，得到了，就是幸福；长大了，幸福是一个目标，实现了，就是幸福；成熟后，幸福是一种心态，领会了，就是幸福。

这么说来，在我们未成熟时，我们习惯将愿望的实现视为幸福。

哈佛大学年轻的讲师沙哈尔对幸福的解读颇耐人寻味。沙哈尔对幸福的探究源于这样一个事实：我们越来越富有，可我们为什么越来越不开心呢？原来，我们从小接受的是这样一种教育：只有通过不断的努力、辛劳、付出，我们才能获得成功和幸福。为了实现"目标"，我们终日奔波劳碌，一个目标的达到，又是朝下一个目标进发的开始。为了得到成功后的幸福，我们必须忍受眼前的痛苦。

需得承认，一旦目标达到后，我们确实心情放松，内心充满喜悦和满足。而且事情越是难做，成功后的喜悦感就越强。但这是不是就是我们所要的幸福呢？沙哈尔说，不可否认，这种解脱，让我们感到真实的快乐，但它绝不等同于幸福，而只是"幸福的假象"。这就好比一个人头痛好了之后，他会为头不痛而高兴，这是由于这种喜悦，来源于痛苦这个前因。人们错误地认为成功就是幸福，坚信目标实现后的放松和解脱就是幸福。因此，他们不停地从一个目标奔向另一个目标，这成为绝大多数人的生活方式。

沙哈尔在探究人们不幸福的根源之后，提出幸福是快乐和有意义的结合。这里面有两点需要指出：一是快乐和有意义只存在于当下，所以幸福只能在当下寻找；二是幸福并不排斥金钱和物质，但如果将金钱和物质置于快乐和有意义之上，幸福就被釜底抽薪了。

我们承认工作上的成功是幸福的重要基石。沙哈尔提出工作的三种境界：赚钱谋生、事业和使命感。第一种境界只把工作当成任务和赚钱的手段，没有任何的个人实现。这样每天去上班，只是必须去而不是想去，他所期盼的，除了薪水，就是节假日了。第二种境界除了注重财富的积累外，还会关注事业的发展，如权力和声望等。他们会关心下一个升职的机会，期望从副教授到教授、从教师到校长、从职员到主管、从编辑到总编辑，等等。第三种境界把工作当成使命，工作本身就是目标了。薪水、职位固然重要，但他们工作，是因为他们喜欢这份工作，动力源自内心。工作是一种恩典，而不是为他人打工。他们对工作充满热情，通过工作中的自我实现获得充实感。他们在工作中获得幸福了。

之二：论异性友谊

男女之间是否存在真正的友谊？此问通常的意思是，男女之间是否可能有完全排除性的吸引、清澈澄明的友谊?

在社会生活中，一个人恋爱了，或者结了婚，仍然不免与别的异性接触和发生好感。莫洛亚归纳了三种异性之间的友谊:一方单恋而另一方容忍;一方或双方是过了恋爱年龄的老人;旧日的恋人转变为友人。分析下来，其中每一种都不可能完全排除性吸引的因素。

其实，男女友谊之所以成为话题，完全是出于传统道德对性的惧怕和厌恶。道德家们攻击杂有情欲的友谊，这种攻击即使不是一种对人性的无知，至少也带有强烈的文饰性甚至是虚伪。性在男女友谊中真有那么可怕吗? 拜伦在谈到异性友谊时对性在其中的作用赞美有加:"毫无疑义，性的神秘力量在其中也如同在血缘关系中占据着一种天真无邪的优越地位，把这谐音调弄到一种更微妙的境界，如果能摆脱一切友谊所防止的那种热情，又充分明白自己的真实情感，世间就没有什么能比得上做女人的朋友了。"其实，他所表达的意思我们的老祖宗早就说出来了，那就是:发乎情而止乎礼。

纵观世界，天才身边的非妻子或情人且又起着重要作用的异性比比皆是:贝蒂娜与歌德、梅森葆夫人与瓦格纳、莎乐美与尼采、梅克夫人与柴可夫斯基……如果说，爱情是一杯烈酒，那么异性之间的友谊则是一杯清茶，散发出一种绵延的淡淡的香。所以，情欲在异性友谊中非但没有那么可怕，反而因为双方的高度默契，彼此心照不宣，或因客观情境，或通过主观努力，将其限制在一个有益无害的境地，结果往往能够达到这样一种奇效:既为异性友谊罩上同性友谊所未有的温馨情趣，又不致像爱情那样激起一种疯狂的占有欲。

所以，情欲使异性友谊充满着非常奇特和美妙的感受。

之三：论爱情与婚姻

少男少女对爱情充满幻想，相信缘分，坚信在茫茫人海中，总有一个"唯一者"在为自己守望，而自己终有一天会与他（她）相遇。于是，他们幻想着这一相遇。遗憾的是，现实生活中极少有所谓命定姻缘的，爱情也好，婚姻也罢，纯属机缘巧合。

虽然我们能够遇见那个"唯一者"的概率微乎其微，但我仍然支持年轻人对爱情抱有适度的幻想。无幻想的爱情会流于平庸，但过度的幻想又失去真实。幸福的爱情在哪里呢？我相信有一种真实，它能不断地激起幻想；有一种幻想，它能不断地化为真实。在这种情感激荡和梦想成真之中，幸福已经悄然而至了。

婚姻只是爱情可能的产物，切莫将婚姻等同于爱情。爱情虽然可能带来婚姻这个副产品，但不能误以为爱情的目的就是婚姻。我听到过一种流传甚广的说法：一切不以婚姻为目的的爱情都是耍流氓。在我看来，这是对爱情的极大误解。爱情应该是没有目的的，爱情如果带有目的，那就成了交易。

婚姻是不是应该以爱情为基础呢？尼采和罗素都持反对态度，他们主张婚姻当以优生和培育后代为基础。爱情之所以不能成为婚姻的基础，是因为爱情浓烈而炽热，婚姻柔和而平淡；爱情往往昙花一现，婚姻则需要绵长悠久。借用运动生理学的理论就是：爱情好比是高强度剧烈运动，它是靠无氧供能为基础的；而婚姻是慢跑，它是靠有氧方式供能。以高强度的无氧供能方式来支撑低强度的有氧运动是不会持久的。但究其实，幸福的婚姻终归是源于爱情的，所以高强度的爱情需得转化，转化为低强度的友情或亲情，才能成为婚姻的基础。法国哲学家阿兰即表达过此类意思，他说婚姻的基础就是逐渐取代爱情的友谊。莫洛亚修正说：在真正幸福的婚姻中，友谊必得与爱情融和一起。这也许是婚姻的最佳状态吧。

　　爱情只关乎情感，是两情相悦时的情感大碰撞。婚姻却是感情、理智、意志三方面通力合作的结果。不仅有合作，或许还有妥协。

（本文为读泰勒·本·沙哈尔《幸福的方法》和莫洛亚《人生五大问题》后所感）

2015. 1. 29

和春的夜晚

端午小长假，我们五家老老少少一行十五人自驾游，从潮州出发前往漳州。

到达目的地和春村时已是下午五点了，寻家农家旅馆安顿下来，简单洗把脸，交代房东准备晚饭，大家便相邀到村里走走。

四周都是山，村子坐落在山脚下一片平地上。村子并未刻意规划，农舍随意散落。房前是茶花树，屋后是竹林；近处是菜地，远处是稻田，再远处则是一大片梯田，种着高山茶。由于整个村子作为旅游景点开发才刚刚启动，还相当的原生态。我们随意走了几处，看了村里的宗祠、戏台和几座土楼。不觉走到村头，看见不远处有片竹林，颇有些古韵，便兴步过去。竹林里满是竹笋，有的才露出尖尖的头，有的已有半人多高。林边有座石拱桥，看起来年代久远。大家随意照了几张相，孩子们开始喊饿了。看看天色已是擦黑，远处人家的屋顶正升起缕缕炊烟，且回罢。

房东端出热腾腾的饭菜，炖一只鸡，烧一只鸭，炒几盘青菜，配两碟农家腌渍的红辣椒。但鸡鸭做得过于"原味"，于我并不太喜欢。孔、肖等人却吃得津津有味，直叹好正宗的土鸡汤！我突然想起：今天有月全食呢！话刚出口，大家就一窝蜂涌出来，果真，还剩半个月亮挂在天边。大家啧啧地议论一回，进去吃几口，又牵挂着月亮还剩多少，就这样进进出出地折腾……

饭终归是吃完了，老孔说：走！去村外看星星去！一群人便披上外套，浩浩荡荡地朝野外走去。

和春的夜晚如此静谧、祥和。人家早都关上了门，村道上几乎不见人，偶尔传来几声犬吠也都带着些倦意。我们走到一处已不见村里灯光的山坡，抬头望去，正是满天星！特别是在号称"闽南西藏"的海拔一千多米的和春仰望星空，那星星是如此繁密，如此近！又或许是因为我们是在远离灯火的黑暗中，星星显得格外亮！我第一次看到北斗七星如此巨大地呈现在眼前！东边那颗最亮的启明星就不必说了。老孔这家伙颇有些天文学知识，他告诉我们正头顶上最亮的那颗叫"天津四"，它的南面，有六颗呈簸箕状的星星，叫"南斗星"，老人们干脆就叫它"簸箕星"。老孔又教我们如何沿着北斗七星第一二颗的延长线寻找北极星。大家正煞有介事地比画着，突然，肖家小姑娘尖叫起来："看，流星！"我们顺着她指的方向望去，果真看到一颗并不太显眼的星星在群星中缓缓穿过。老孔笑了："那不是流星，应该是颗人造卫星，流星是划过天空的。"孩子们不免有几分失望，不过很快就又叽叽喳喳起来。

不知什么时候，月亮完全没有了踪影，星星又密又亮了几分！它们密密地挨挤着，神秘地眨巴着，似在窃谈低语。"星语"一词是谁想出来的呢？那么富有浪漫和诗意。"不敢高声语，恐惊天上人。"你别说，还真有这样的担心呢。"迢迢牵牛星，皎皎河汉女。"多么宁静幽远和充满柔情蜜意的想象啊！"天阶夜色凉如水，卧看牵牛织女星。"是的，是的，且尽情感受好了！

真的，太久没享受如此透彻纯美的星空了！这样的星空只属于乡村！想想这么多年来一直在城市里讨生活，渐渐遗忘了好多最初的人生记忆。记忆中的星空要追溯到儿时的夏夜。吃罢晚饭，洗过澡，将门前的空地打扫干净，洒上水，搬出竹床躺椅之类乘凉的家什，一家人惬意地躺下，摇着巴扇。大人们说着闲话，不是拉扯些夏粮秋棉的农话，就是搬出张家长李家短的鸡毛琐事。孩子们便无所事事，常常是望着星空发呆。儿时看星星，数星星，对神秘的天空充满了好奇，尤其是在听大人们讲牛郎织女和天兵天将的故事后，对天空的向往更进了一层，恨不能长出一双翅膀，飞到天上去一探究竟。……

此刻，在这陌生的村庄，站在这浩瀚的星空下，吹着初夏柔柔的晚风，倾听着远远近近的蛙声一片，突然有种熟悉的味道在暗涌，有种尘封的记忆在开启，有种暖暖的情愫在漫延。恍惚间，自己悄悄穿越回从前了。

"不早了，该回吧。"谁嘟哝了一句。看看时间，已过十点。一群人便依依不舍地向村子的灯火处走去。这时，身后的田蛙们卖弄得更起劲了，似诉说着和春幸福的夜晚。

2015. 4. 5

记 忆

有时候，心中会突然萌生一种奇怪的感觉。

就像此时，坐在驶往深圳的动车上，突然感觉摆脱了一切。那些熟悉的面孔，如同窗外飞快逝去的树和房子，亲人、同事、朋友……仿佛一下子从现实的屏幕上抹去了，成为遥远的记忆。此刻的我，像一只断线的风筝，正飘向一个未知的神秘空间。更为诡异的是，自己竟然一身轻松，了无牵挂。

或许，是为了逃离？但又能逃往何处呢？

往事如一堆废弃的电线，埋没于时间的尘里。但它仍露出了裸着的一端，如果无意间与大脑的电流对接上，记忆瞬间就会被点亮。于是，许多年前发生过的场景又如此生动地呈现在眼前：母亲给我系着裤带……杨树林里满地的落叶……父亲吧嗒吧嗒地抽着烟……河滩上的贝壳和钓鱼人……清晨路上拾猪粪的少年……在劳籽地里疯跑的小姑娘……镜头一个接一个从脑海里闪过，但又杂乱不堪，毫无时空顺序，仿佛是电影的蒙太奇。

回首自己所走过的路，竟然如此的艰辛，如此的不堪，以至于有些怕回忆，怕触碰到内心深处的伤口，怕它会流血，怕那份蚀骨的痛。

唉！才刚刚从现实的樊篱中突围，又掉进了往事的无尽深渊中。生活总是这样逼仄着你，让人窒息。

那么，倒不如遗忘的好。

说到遗忘，科学家曾做过实验，一个人处于催眠状态时，会记起很多被遗忘很久的事。这么看来，所谓遗忘不过是一种假象，那些被我们所遗忘的人和事，其实仍然驻守在我们心灵的某个角落，不过是暂时没有和我们大脑的电流对接上罢了。

人生的过往中，我们该与多少人相遇过！或只是擦肩，或相伴走过了一段或长或短的旅程，但在某个路口，终还是选择了分手，从此成了记忆。

有些人，走着走着就散了，遗憾吗？人生本只是一段旅程，聚散也由天注定，遗憾吗？其实，很多人聚时也只眼前过，散后才能心中留，如果这样，我倒宁愿散了，又何来遗憾呢？

此刻，这个繁华的大都市已是万家灯火。在旅店安顿下来，伫立窗前，看见灯火阑珊处有芸芸魅影，像某种神秘在幻灭着，一如深藏在心底的记忆。

恍惚中，脑海中有根电线似在吱吱地响，记忆在瞬间被点亮了！似有无数的星星在闪耀着，似有无数的小鱼在浮游着，似有无数的杨花在翻飞着，待我细细看时，脑海里竟然，全——部——是——你！

2016. 1. 24 初稿于深圳

2016. 3. 7 改成

我的母亲

　　说来对母亲几无印象，怎么突然就想到要为母亲写点文字呢？大概作为儿子，心里无时不在思念她老人家吧。尤其是步入中年以后，这种思念竟愈来愈强烈。

　　母亲去世时我刚满六岁，好像也正是夏天，老屋门口搭了简易棚子，停放着母亲的遗体。我和姐姐哭得稀里哗啦的，三岁的妹妹惊恐地躲在一旁，茫然无助地看着大人们进进出出。

　　母亲死于"出血热"。听说，那是由黄老鼠传染引起的，于是从小就恨老鼠。除"四害"时，村上鼓动消灭老鼠，上交十条老鼠尾巴可换一毛钱。我便像打了鸡血似的，到处追杀老鼠。偶尔能换回来一毛半毛钱，那心情爽的，倒不是因为钱，而是觉得又为母亲报了仇，呵呵……

　　母亲死后，每次去外婆家拜年，外婆总是泪眼婆娑，拉着我的手久久不放，口里长叹："唉，苦命的孩子！"临别时，必会将五角钱塞到我手上。所以觉得外婆特别亲切，总盼望"走家家"，盼望见到外婆。但又有些怕"走家家"，怕见到外婆，因为外婆的房间里摆放着一口漆黑的棺材，让人觉得阴森可怕。

父亲总是沉默寡言，从不在我们面前提起母亲。听三舅说，母亲死得冤呢。母亲起病初，只以为是普通感冒，并没有在意。在家卧床几天，看越来越重了，父亲才将母亲送到镇上医院，确诊为"出血热"后，恰又缺一种特效药物。大舅一边拍电报急告在武汉的三舅筹药，一边亲往武汉去取。那时交通颇为不便，从镇上乘船到汉口，往返要花费两天的工夫。三舅买药亦颇费了一番周折，因为是进口新药，需特批，三舅通过部队开的介绍信才买到药。等大舅带着药赶回来，母亲已经走了。巧的是医院另一患者也和母亲得着同样的病，于是带回的药救了那人一命。

母亲死时年仅三十一岁，村里人无不感到惋惜。好人啊！那可真是个好人啊！可惜好人命不长。听婶子们讲，母亲性格活泼开朗，能歌善舞，在地里劳作时，总能听到她清脆的笑声和悦耳的歌声。母亲见到谁都是一副笑脸，又热心快肠，谁家有个婚丧嫁娶，母亲总是帮着忙前忙后。记得我家老屋在村头第一家，旁边就是村里的禾场。每次放电影，总有住得较远的乡亲到家里借板凳。不管认得不认得，母亲都从不会拒绝。

我常常想，活泼开朗的母亲怎么就嫁给了老实巴交的父亲呢？母亲娘家颇为殷实，她是家里的老幺，上有三个哥哥，外公外婆和舅舅们视她为掌上明珠。大舅是参加过抗美援朝的老兵，退伍回乡后当上了村支书。三舅在武汉某部服役，一路提干至团政委，所以母亲娘家在当地也算颇有几分显赫了。据说母亲出嫁时，嫁妆的豪华令乡里四邻惊羡不已。我印象最深的是母亲的婚床，虽然因为几次搬家，父亲嫌它太复杂笨重而一再拆卸，又因为年久而日显破旧，但仍能从那精美繁复的雕花中窥测出往日的气派和华贵。父亲虽然也是家里的独子，但由于祖父较为懒散，早年开酒坊积攒下来的一点家业几已耗光。但母亲嫁到我们家后，从无抱怨，也无阴郁，仍如往常一样对生活满怀希望，和父亲一起勤扒苦作，几年下来，家里的光景竟渐有起色。

当然，这些事都是长大后听长辈们讲的，我确乎对母亲没什么印象了。她长什么样子？说话什么腔调？她爱穿什么衣服？爱唱什么歌？我全无记忆了。但脑海里仍留存了与母亲在一起的唯一场景：我正要出门玩耍，她坐在床沿，低声唤我过去，替我把裤带重新系紧（所谓的裤带，不过是一根布绳）。很奇怪，记忆中就留下了这样一个断片，像彩色电影中插入的一段黑白回忆，像一张年久发黄的老照片，遥远而又模糊，但它始终存于脑海里。那是不是因为母亲也不愿儿子忘了她，而特地留给儿子的记忆呢？

最遗憾的是，家里连母亲的照片也没能保存下来一张。或许是母亲嫁过来以后从未照过相吧，否则，如果有的话父亲总会留给我们的。在北京求学期间，有次去三舅家拜年，大家又说起母亲。三舅翻箱倒柜，找出来一张母亲和三舅妈的合影，相片虽然是黑白的，但染过色，看起来就像彩照，虽然那颜色明显不太自然。我第一次看到了自己的母亲，那时母亲尚未出阁，红扑扑的圆脸，又黑又粗的辫子，青春而甜美。三舅再三叮嘱我：这是你妈唯一的照片了，回去照着给画张像，好留个念想。我答应着，小心把相片装进钱包里，但回家后因诸事劳碌，竟将此事搁置下来。

相片便一直在钱包里，倒不是遗忘，只是为了夜深人静时，偶尔想母亲了，可以拿出来看看。返京后，一次和朋友在上地吃饭，衣服搭在椅背上，钱包竟被偷了去。我焦急万分地拉着朋友去派出所报了案，并不是因为心疼钱，其实包里没多少钱，而是因为那张照片，对我而言太珍贵了！我意识到失去它的后果，盼望着能走好运，祈祷母亲能显灵，助我找回照片。

　　自然，这样的幸运并没有降临到我的头上。派出所那边此后杳无消息，打电话问了几次也无任何进展，母亲唯一的照片就这样永远失去了。我曾经长久地后悔、懊恼和愧疚，母亲在那边会不会也失望甚至责怪我呢？三舅后来又几次提到画像的事，我不敢告诉他照片已经丢失，每次只推说太忙，等闲下来时一定去画。再后来，他也就不过问了，我的心才慢慢地平复下来。

　　日子继续在平淡中流逝着，偶尔想起母亲，眼前总会闪出那三个镜头：母亲低下身子为我系着裤带，姐姐和我站在她的遗体旁号啕大哭，照片中那张青春的脸庞，这也就是我对母亲的全部记忆了。

　　有一夜，我竟梦见了母亲，她站在远处的月光下，柔柔地召唤着我，我急忙向她跑过去，但她却消失了！我在惆怅中惊醒，久久再难入眠。这竟然是母亲第一次也是唯一一次走进我的梦中，我披衣下床，为她写了一首旧体诗。原诗较长，摘录其中几句如下：

　　　　恍惚蝶梦生，明月照人来。

　　　　也似倾城貌，也有扫眉才。

　　哦，大概没有人会质疑我如此不加掩饰地赞美自己的母亲罢，因为在儿子心中，母亲永远是全世界最美丽的女人！

2016. 7. 16

晨游潮州西湖

潮州西湖自然没法和杭州西湖相比，不仅毫无名气，而且也实在小得可怜。说是湖，倒更像是一条河，长不过二里，宽不过百米。然而湖水依山而聚，四周芳草萋萋，古木环抱，倒也自成格局。紧临湖东的马路叫环城西路，乍一听名字有点唬人，其实只是条湖边小道，也不过二里长，但道路两旁树高叶阔，林荫繁密，终日清凉爽气，尤适宜摆摊。日子久了，这里便成了小摊小贩的聚集地，尤其是早市，在潮州颇为知名。

暑假很是得闲，每天早上不过在学校旁边的慧如公园走走，日久生腻。今天起得早，心想，好久没去西湖边看看了，何不去逛逛早市。

到达环城西路时还不到六点半，但这里已是人声鼎沸。靠湖的人行道上，早市摊子一溜摆开，所售物什琳琅满目，鲜花、干果、茶叶、小五金、陶瓷、古董（不必说，自然多是假货），等等。也有擦皮鞋的，修钟表的，理发的……每有人走过，摊主们便热情地张罗起来，这样的多是外地人。本地摊主通常是一副我行我素的样子，怡然自得地喝着工夫茶。闻那茶香，便知是潮州人最爱的凤凰单枞了。

我走过一位卖杨梅的老妇摊前，扫了眼篮子里的杨梅，颗粒大，色泽鲜，一看就知是刚下树，加上杨梅中夹杂着几片青翠的叶子，有着十分的诱惑力。妇人见我似有兴趣，忙对我叽里咕噜一通。我虽然听不懂潮州话，但也明白她是在劝我买点去，忙说道："买！买！"便飞快离开了。怎么说买又没买呢？买（音）在潮州话就是不要的意思，哈哈！其实我还真想买点，只是口袋里分文没有。唉，出门忘了带钱。

经过古董摊前，我停下了脚步。一对古色古香的水牛吸引了我，牛背上各骑着一古装男童和女童，颇有几分古趣。拿在手里掂掂，是沉甸甸的金属疙瘩。看看底部，赫然写着"大明万历年间制"的字样。摊主是位五十开外的老哥，自称湖南人。问他水牛是什么材质的，他坚称是铜质的，要价八百。我知道这必是假货，按本人习惯的砍价方法，对半后再对半，便说："是铁的吧！最多两百元。"老哥做出一副很惊讶的样子，说道："两百？开什么玩笑！"好说歹说就是不卖。我便加价到三百，他初亦颇为不肯，只嘟哝着"保证百分之百的铜""三百块连本钱都不够"，及见我起身要离开，便显出极勉强的样子，说道："算了，看你也是诚心想要，就亏本给你了。"但身上没带钱，也确实很喜欢这对水牛，就对他说："不好意思，没带现金，可不可以微信转账？"他一脸茫然，等我解释一番后，他仍脸存疑色，连说没用过这玩意儿，我也只好作罢。

继续往前没几步，就见不远处围着一群人，中间有人高声吆喝着。我走到跟前，原来是卖一种叫"辣木籽"的中药的。小贩是一对中年夫妻，丈夫颇壮实，头上戴着个扩音器，正唾沫横飞地朗声介绍着"辣木籽"的功效：降压、降糖、降血脂、抗癌、养颜、护肝、防醉酒、改善睡眠、延缓衰老……一粒见效！一个月治不好全额退款……妻子则忙着过秤，包装，收银。围观的多为老者，大多数是将信将疑的表情，但也有三两个掏钱付款的。

哪有这么神奇的药！我摇摇头，不觉到了西湖公园正门口，便信步而入。西湖公园是潮州最老的公园，位于新旧城区之间，依葫芦山而建，历史悠久，古迹甚多。进入大门后，首先穿过一座古石桥，映入眼帘的正是葫芦山。只见绿树掩映，山色空蒙，雾气缭绕。山脚下有一小型广场，一群妇女正精神抖擞地跳着广场舞。广场左边有一座小楼，名"涵碧楼"，楼前坐落着周恩来北伐时期的塑像，总理身着军装，英姿飒爽。20世纪20年代，周恩来曾率领国民革命军一部经过潮州，在此处进行演讲和办公。

广场往左沿湖而行，只见古木参天，遮天蔽日。湖边的一排古榕树，树龄已有百年以上，或立于湖边，或卧于湖上。树干老气横秋，斑驳曲折，粗至数人方可合抱。驻足远眺，见湖面幽绿深邃，水波不兴，静如淑女。湖心有一亭，三五老者闲坐其中，一边喝着茶，一边摆着龙门阵。据记载，西湖曾与韩江相通，湖面宽阔，湖水浩荡，是打鱼撒网的好去处，故有"西湖渔筏"之说，为古潮州八景之一。后经过数次填湖改造，如今的西湖已无法窥探往日的风采，渔筏也早已不见踪影，"晨光舟影""渔舟唱晚"的诗情画意也只能永远停在潮州人的记忆深处了。

沿湖行百余米，见有奇形怪状的巨石横卧于草茎中，葫芦山摩崖石刻便在此处。石刻分南北两群，我先到的是南群。拾级而上，每到一处石刻，我都会驻足观赏。可惜刻者多为沽名钓誉的无名之辈，其内容也不过是中榜或入仕后的"题名留念"。那成排的名字尤其扎眼，颇类似于今人"到此一游"的涂鸦。转到北群，见有一石，刻有十二位明代潮籍举人的名字，但所刻之字却呈横卧状。我不解其意，便求教旁边一位正在练拳的老者。原来，此石名"举子石"，石刻上的字原本是正的，明亡后这些举人做了清廷的官，故为老天所恶。有一天大雨滂沱，雷劈石倾，从此他们的名字就呈横卧状了。传说未见得真实，但至少反映了民意，看来老百姓都不待见这些将名字刻在石头上想不朽的人。及见到几处志趣高雅之作，如"贤者乐此""烟霞笑傲""湖山图画"，顿让人眼前一亮。

看完石刻，不觉来到了山腰，见有一条环形小道，绕葫芦山一周，全长约两公里。小道虽窄，但往来行人颇多，皆湿衣汗面，做疾行状，不必说，都是晨练人。随着人流行进约里许，看见一条通往山顶的小径，旁有指示牌标着"四望楼"三字，便欣然拾级而上。四望楼为三层小楼，听说在楼上四望，潮州全城尽收眼底。上得二楼，再想往上，前面却是铁将军把守，只好就在此稍作逗留。此时，山林中传来蝉鸣阵阵，鸟语声声，不觉涌起一种恬适幽远的情绪。可惜四周皆被树林遮掩，无法俯瞰远处景色，也就作罢。

下得山来，肚子唱起了"空城计"，幸好在车中找到零钱若干，便来到湖边的镇记牛杂店，要了一碗牛丸面，吃饱喝足，尽兴而归。

2016.7.19

徜徉在静静的植物世界里

　　我从社光路侧门进入慧如公园，时间是在午后。虽然几乎日日来，但通常是来晨练，午后进园应该是第一次吧。此时的园中异常地静，静得出奇，仿佛置身在一个与世隔绝的地方。"直是少人行！"美成先生的这句词用在此处再贴切不过的。不仅不见人——事实上，我整个一圈转下来，也只碰到了五六个人，其中几个还是园里的花工，真正像我一样的行人只遇到区区两个——而且那些个鸟啊，虫啊，此刻也全没了声响，它们似乎在独享这幽寂的午后。这种感觉正是我需要的，我也想独享这幽寂的午后。

　　侧门进来的小路较为偏僻，除了附近村民，游客通常是不会走到这一带的。小路左边是阴香树，树密枝茂。右边因为沿山，长满了野生低矮灌木，由于长年无人修剪，枝枝藤藤们乱长一气，不少已伸到路中央了，所以这条小路显得阴暗潮湿，难见天日。经过新垦出的摆满了盆栽角花和各式花木的苗圃，来到一大片蓝花丹前。花瓣呈五边形，很纯正的蓝，由于种得密集，花朵又特别繁多，远远望去，像天空中闪耀的满天星。花开也有一个多月了吧，依然那么盛，全没有凋谢的意思，就连因为被几棵高大的老槐树的树荫遮蔽而迟迟不见花开的一角，也零零星星绽放出了花朵，我前几天经过时，还担心这小块蓝花丹开不了花呢。

在此逡巡片刻，我被左边山坡上的几株正绽放的美丽异木棉所吸引。这片山坡其实是一片杜鹃园，间或种了十余株异木棉。由于异木棉花朵既大又密，树叶又稀，远远望去，那高高的树上，粉红色花朵含苞怒放，真是五彩缤纷，夺人眼目。树底下，零落的花瓣铺满一地，小立片刻，见仍时有花瓣飘落，于是想起《葬花词》中的句子："未若锦囊收艳骨，一抔净土掩风流。"也不禁伤感。方才无比的适意，这伤感来得也太突兀太不自然了吧，幸而此时无葬花人，但还是快快收起这矫揉之情。山坡最高处，一片黄槐正露出密密麻麻的小黄花，远远看时，由于隐现于绿色的树叶之中，所以并不起眼，等我走近细瞧，才发现那花一簇簇拥挤着，黄得异常纯净、鲜嫩，让我想起了故乡三月的油菜花。

下得山来，走过一块种植着鸡蛋花、琴叶珊瑚、荷兰铁、木玫瑰等的花圃，在路的右边，一排去年才栽下的大叶紫薇虽然花期已过，但仍有零星迟开的紫色花，有一株竟然花事尚盛，和它的同类比起来显得颇为不合拍，却也给人一份意外的惊喜。

转过一道弯，我被几树牵牛花所吸引，没错，是几树！我已无法辨认那可怜的树的本来面目了，它们已被牵牛藤密密地覆盖，由于树与树之间已形成无缝对接，整体看起来就像罩着一张巨大的绿色的帷幔，上面稀稀疏疏缀着些蓝色或粉色的牵牛花。树前是一排冬红，虽然同为绿色，但颜色却要浅，加上它开着红色花，远看就像是帷幔的镶边。真的美！

继续前行，又经过了许多可爱的植物，虾子花、石榴花、虎尾兰、蝎尾蕉、凌霄、扶桑，等等。一株变叶木引起了我的注意，它的叶子很特别，边缘尚是绿色，但中央却变得花白，最神奇的是那花白呈现出漂亮的树叶图案，仿佛树叶之中又镶嵌着树叶，我不得不佩服这造化神工。虽然它旁边的一棵花叶黄槐，树叶也呈现出浅深不同的褐、黄、白、灰之色，也有种斑驳感，但由于叶子过于密集，整体看上去就显得零乱，不像变叶木的叶子那样疏朗舒展和错落有致。

登上一处高坡后是一片开阔地，展现在眼前的是静静的韩江。由于台风"艾利"的影响，潮州已连下了差不多一周的雨，所以韩江水位比平常高了不少，江水也变得混浊，但由于下游水利枢纽的拦截，所以水流依然平缓。眼前的韩江大桥、远处的湘子桥和更远处的金山大桥都历历在目。而在下游，正在兴建潮州大桥和东西溪大桥，虽然相隔较远，仍能隐约看到繁忙的工地。这几座桥中，韩江大桥最为古老也最为拥堵，看着由小汽车、拉瓷土的泥头车、公交车和摩托车汇织成的滚滚车流，才突然醒悟自己并没有远离劳碌和世俗的城市生活。其实，自己本也是世俗之人，所谓逃离城市生活，于我更像是一句呓语。能够在城市生活之中，找到片刻的安宁，就已经很好了，不是吗？

有些倦了，我随意走到一个花坛边坐下小憩，目光无意间扫到脚下，竟意外发现一支长长的蚂蚁队伍，正来来回回，川流不息，又井然有序地忙碌着，其中有一群运着一只死去的小虫，正努力地前行。我看到前面不远处要经过一个小陡坡，在人看来自然是小得不能再小的坡了，甚至都不能称为坡，但对这小小的蚂蚁，无疑是一个巨大的障碍。我不禁有些担心，突然就想到那个可怜的西西弗，一次次把巨石推到山顶，又一次次滚落原处，而不得不一次次重复。这群小家伙会不会也遭此罪呢？事实证明我的担心多余了，它们虽然也颇费了一番功夫，但还是顺利地通过了这处"陡峭"。还是"人"多力量大啊！又或者是美味的诱惑力太强吧，谁知道呢！

休息片刻后继续往前，此处的山上是一大片桃树和李树，可惜现在不是桃李盛开的季节。每年三月，这里却是花的海洋，以及漫山遍野赏花的人们。山脚下新栽种了蓝花楹、木兰、杜英、火焰木等树种，可惜尚未成荫。南方的树，大多枝繁叶盛，且树叶阔大，诸如杜英、血桐、橡皮树，尤其是橡皮树，叶大且厚，油光可鉴。每当看到一片大大的橡皮树叶"啪"的一声掉落在地上，我就觉得可惜，因为总觉得它应该有别的用途，不必就这样零落成泥的。也有细如针状的树，如余甘子、小叶紫薇，似乎更适合在北方生长的。

　　不觉转了一圈，仍觉得未尽兴，对了，也好久没到那片村庄看看了。沿着通往稻妍村的小路前行，穿过一个竹林掩蔽的狭窄处，眼前豁然开朗，一大片整齐的菜地映入眼帘。满园的青色茄子、空心菜、丝瓜、芥蓝、地瓜等，三二农夫正躬身劳作。田头有几处洼地，长满了肥美的青草。我眼前一亮，这不正是儿时割的马草吗？小时候，为了寻到好的马草，常常要走好远的路，每当发现一片马草时，不知有多兴奋！多年之后，再看到青草，心里仍涌起一种莫名的情愫。远处的村落，被一层薄霭所笼罩，显得宁静而祥和，间或传来几声鸡鸣犬吠，似从遥远的儿时的故乡穿越而来。此时，也到了晚炊的时间，可惜并未见到袅袅升起的炊烟。明知道如今乡下人，不会有多少使用柴草做饭，而心中仍有一份固执的期盼，只是炊烟缭绕的乡村图景，怕是再也见不到了吧。

　　古代诗人有所谓山水田园派，如谢灵运、陶潜、王维等。山水对于他们，可能是一种情怀，一份寄托，但我以为也可能是一种宗教情感。人们的精神总得有所寄托，宗教本身也是源于这种需要。西方人笃信宗教，如果你读西方的文学作品，你会发现无处不散发着浓浓的宗教情感。中国人没有自己的宗教，所以寄情于山水田园，或许是宗教情感的自觉或弥补。当然，宗教信仰已远远超出了精神寄托的层面，更成为灵魂的归宿，罪恶的救赎方式。这一点怕是国人，即便是那些被称为山水田园派的大诗人也难以达到的层面吧。

　　想到这里，我再看眼前夕照里的村庄，因为被夕阳的回光返照而突然变亮，呈现出一种神秘的黄色，恍惚间幻化成了宗教的图腾——那村落是教堂，那躬身劳作的人是正在顶礼膜拜的教徒，那鸡鸣与犬吠之声仿佛也变成了回荡在教堂屋顶上的钟声。此时的我，不觉肃然而生敬畏之心。

2016. 10. 18

夜听"海马"咆哮

傍晚时分，火烧云映彻了西边的天空，房屋的外墙上镀上了一层诡异的金光，即便身处室内，也能感受到四周和平日里不一样的光亮——本该暗下来的时候却反常地亮着，从而使空气中弥漫着一种神秘和不安的气氛。不消说，这是大台风将要来的前奏。

气象台预报，强台风"海马"将在 21 日中午在珠海到汕尾一带沿海登陆。我乐观地以为对潮汕不会有太大的影响，想想上个月两场台风"莫兰蒂"和"鲇鱼"，本也是杀气腾腾地扑向粤东，但最后还是悄悄地折向而去，竟秋毫不犯我大潮汕，被粤东人民一致评为优秀台风，这次说不定也如此呢。

半夜里忽然狂风大作，我从睡梦中惊起，看看时钟，凌晨三点四十分。只听得外面"呼——呼——"的风声，一浪赶过一浪，一阵紧过一阵。竖耳倾听，那风声仿佛一口巨大的锅里的开水在翻滚，又似千军万马在奔腾。狂风穿过小区两栋楼之间的狭隙时，形成一种尖锐的哨鸣声，忽高忽低，时急时缓，好似防空警报在拉响。在人们尚处在睡梦中的夜半时分，显得格外凄厉，令人毛骨悚然。风声里裹挟的零星雨点，似弹弓射过来的石子，敲打在窗外玻璃上，叮呼作响。我起身隔窗探看，外面漆黑一片，隐约可见后山上黑魆魆的树影凌乱摇动，如受惊之马群四散奔突。再走到客厅窗前，只见楼下的路灯仍寂寞地亮着，不锈钢灯杆被晃得铮铮作响，上面的灯罩有几个已被吹歪，随风摆动，摇摇欲坠。路旁的棕榈树就更惨了，那巨大的树叶竟被吹得齐刷刷向北伸展摆动着，连粗大的树干也弯下了腰，好似硬汉被一双有力的无形的手强按着，努力抗争又无法挣脱的样子。狂风愈来愈猛，门窗虽已关严，仍振振作响。时听见树枝断裂的"咔嚓"声，谁家门窗未关严而猛然发出"砰"的撞击声，风卷起地上的物什又重重摔在远处的"噼啪"声，室外建筑材料从高处坠落地上发出的"哐当"声……仿佛整个世界正处在一场巨大的毁虐和杀戮之中，就算世界末日来临也不过如此吧。

既睡意全无，索性打开电脑，将所见所感记下数句。忽又想起了欧阳修的《秋声赋》，疑与此景颇有相似之处，遂翻书一读："……初淅沥以萧飒，忽奔腾而砰湃，如波涛夜惊，风雨骤至。其触于物也，鏦鏦铮铮，金铁皆鸣；又如赴敌之兵，衔枚疾走，不闻号令，但闻人马之行声。"先生描述如此生动，想象如此新奇，而自己才思涩滞，不觉喟然长叹，竟无法提笔再著一字。遂合上书，浏览网页新闻，才知道此刻正在粤东肆虐的台风尚只在"海马"的八级风圈内，真难以想象其登陆的中心地方又是怎样的一番情景。

2016. 10. 21 晨

穿过黑夜的天空

在子夜时分，我的灵魂开始躁动起来，白天伪装成矜持儒雅、老实本分的他，一到晚上终于原形毕露，似乎憋屈得够了，隐忍得够了，他闹腾着，吼叫着，宣泄着，似乎极不满意这刻意装扮出的外表，这懦弱胆小、虚情假意、冷漠无情的肉体，这死灰枯槁般的身躯。他冲撞着，奔突着，终于带着怨恨与憎恶，愤然离开了，如此任性而决绝地走了。

他穿过黑夜的天空，向远方飞去。此刻，他的心情好极了，有种如释重负的感觉，带着一种抉择后的快感与满足，向着美好、幸福与自由飞驰而去。他快乐极了，畅游在天地之间，沉醉于这美妙的大自然之中，又有谁不会感到快乐呢？他咔咔地笑着，甚至哼起了小曲，此刻的他，似一个挣脱了父母的唠叨和束缚的不羁少年，向着理想与光明飞驰而去。

他穿过高山，穿过河流，穿过森林，穿过原野……感觉棒极了！真的，在夜空中飞翔虽不是第一次，但与那副可恶的躯壳彻底决裂倒是第一次。没有比这更美妙的事了，尤其是在这美丽的旷野，在这广袤的天地之间，在这迷人的夜色之中，在这和煦的晚风里……

美丽……迷人……哦，等等，他突然感觉到了什么不对劲。怎么回事？他放慢速度，这时，他看到了一座光秃秃的山，仿佛一个人因为一场惨烈的伤害，整个头皮都被扯去，露出白森森的头骨，在漆黑的夜中格外扎眼，格外凄惨，格外阴森。在山的另一面，是随暴雨冲刷下来的一大片泥石流，如一块巨大的溃烂着的伤口，那流淌着的混着泥浆的洪水，如伤口处流出的殷红的血！天哪！这是谁干的？是谁这么狠心？谁能伤害这父亲般的老人？他忍不住悲愤地喊起来。夜风吹过，山谷发出低沉的长啸，仿佛是病重的父亲在痛苦地呻吟，在这静静的夜里，这呻吟声如一把匕首向他刺来，使得刚才还陶醉在快乐中的他猛然惊醒了。

他的心不觉揪紧了！

前面是一条河流，他俯身探看，不对呀不对，那滔滔江水呢？到哪儿去了？记得上一次看到时都还是浩瀚无边和急流奔腾的呀！而眼前，干涸的河流仿佛一条蛇蜕下的空壳，已毫无生命的灵动与感知。那尚存的细如发丝的水流，如从濒死之人嘴里吐出的最后一丝气息。那水流声如此小，似喘息，似低泣，似死前最后几次微弱的心跳。即便这极细小的水流，其实也不是原本和真正意义上的水流了，那是从河两岸无数的排污管道里流出的废水汇集而成的，黑而且臭，远远就能闻到那股刺鼻的怪味。岸上的野草全部枯死了，水中的芦苇全部枯死了，烂茎之中躺着些鱼的尸体，横七竖八的，正在腐烂，或已经腐烂了，只剩下一具具白骨横在那里……天哪！这是谁干的？是谁这么狠心？谁能伤害这母亲般的老人？他忍不住悲愤地喊起来。夜风吹过，天地无声，只有一副副鱼的尸骨静默地呈放在那里，供尚存有一份良知的人们前来凭吊。

他的心无比沉重起来。

再往前，经过许多座山，许多条河，他无心细看了，其实是不忍细看，因为他所看到的山川与河流差不多都是如此。他穿过森林，看到的是砍伐，一根根躺在地上等待被送往加工厂的粗壮的原木，如一头头待宰的肥猪；他穿过原野，看到的是荒芜，那久无人耕种的土地杂草疯长。有些是采矿后的坍塌地，一个个巨大的陷洞仿佛老天爷布下的天罗地网；他穿过草原，天啊，这还是草原吗？那稀稀疏疏的几撮残草，如同秃头者顶上尚剩的最后几缕，孤岛似的顽强地与命运抗争着；他穿过工厂，看到的是高耸入云端的烟囱，不舍昼夜地冒着滚滚浓烟……他感到窒息，彻底绝望了！

对了，星星哪里去了？那曾经的寄托着无数童年梦想的满天星哪儿去了？青山哪里去了？那曾被多少隐士视为灵魂的归宿、充满博大胸怀的巍峨的青山哪里去了？森林哪里去了？那被视为虎豹豺狼们的快乐老家的郁郁葱葱的原始森林哪里去了？稻海麦浪哪里去了？那曾是我们的先辈祖祖代代栖息的地方、终日炊烟袅绕的稻村麦庄哪里去了？江海湖泊哪里去了？那曾像母亲的乳汁一样哺育了无数儿女的生命之水哪里去了？纯净的空气哪里去了？那曾经让我们那么神清气爽、精神抖擞的如甘露般的空气哪里去了？

不如到城市里去看看呢，那里兴许好得多！他喃喃自语，抱着最后一丝希望，飞向城市的夜空。他穿过立交桥，看到蜷缩在桥下的流浪汉，他们衣衫褴褛，蓬头垢面，经过了白天的屈辱之后，寄望在这睡梦中找到最后的安慰；他穿过空空的街道，不，也不是完全的空，他看到三三两两提着啤酒瓶蹒跚而行的醉鬼，他们哭着，笑着，叫着，简直就是从精神病院逃出来的一群疯子；他穿过火车站前的广场，看到倒卧在广场角角落落的躯体，他们露出布满针眼的胳膊，腊肉般干瘦的肌肤，充满绝望和长久定格的眼神，只等着死神最后的降临；他穿过一片霓虹闪烁的灯区，里面正传出震耳欲聋的音乐，他看到那昏暗和暧昧的灯光下疯狂扭动着的男男女女，那狂热之下隐藏的寂寞、空虚、毁灭着的魂灵。

毁灭？他突然明白过来了，毁灭！对！整个世界都在走向毁灭！人类正在毁灭他们赖以生存的环境，可悲的是，他们对此竟毫无察觉。更可悲的是，他们还一直吹嘘着并且挥舞着手中的利器——科技（那其实是可称为凶器的），他们幻想着"人定胜天"，以为人类是这个星球甚至整个宇宙的主宰，可以无视这个星球上其他生命的感受，他们如此肆意和狂妄，他们真的疯了！

毁灭别人必将毁灭自己。当贪婪与私欲成为人类最后的标签时，不仅是这个美丽的星球遭受了史无前例的摧毁，人类自己不也会走向灭亡吗？

想到这里，他感受到了一种从未有过的恐惧和不安，又是那么的绝望和痛苦，那种跌落万丈深渊时的绝望和痛苦。

黎明将至，这个无情地抛弃了肉体的灵魂彻底倒下了。此刻的他，如一只受伤的鹰，孤独地卧在山之巅，无力地舔舐着伤口，那痛苦和落寞的眼神在晨光的映衬下，显得无限凄凉！

2016. 11. 2

长沙三日

我来长沙表面的原因是参加一个全国运动生理学的学术会议，真实的原因是受朝圣之心的驱使。我们这代人，生在"文革"中，长在红旗下，不管你对毛泽东有怎样的评价，都不妨碍你对他的浓厚兴趣，总想走近他，想看看他生活过、战斗过的地方，尤其是他的家乡。我不能不承认毛的巨大魅力，他早已在我的灵魂深处烙下了深深的印迹，从小就背诵过无数遍的他的那些诗篇，总时时萦绕在心中，使得这座城市的一山一水、一草一木都早已成为我魂牵梦绕的圣地。

28 日下午飞抵长沙后，到会务组指定的酒店报到，一切安排妥当，稍事休息，下楼来吃过会议提供的晚餐。正值长沙寒潮来袭，气温尤低，加上又下着小雨，感觉阴冷难耐。中午从潮州出发时尚穿着短衣短裤，到长沙后才发觉自己从夏天直接进入了冬天。虽然来前也知长沙要降温，特地带上夹克长裤，来后才知道我大大低估了这里的冷。于是回房间躺下，不觉睡着了。

一阵手机铃声把我惊醒，是汪兄打来的，说他已到了酒店。汪兄是我博士同学，高我一届，因为我们同专业，又恰巧同为天门老乡，所以一直走得较近，他毕业后留在母校北京体育大学工作。下得楼来，汪兄还没有吃晚餐，我们便出酒店往右，看到不远处有家大排档，我们信步而入。里面空间很大，人却不多，成排的空桌，可能与天气寒冷有关吧。我因为已吃过晚饭，我们便只简单要了一盘烤鱼，一碟花生米，四瓶啤酒。伙计询问："鱼要微辣还是……"我赶紧说："微辣。"

我们坐下来，没聊几句，汪兄突然想起什么，过去对老板说："还是要辣一些，不要微辣。"我连忙阻止他："听我的，微辣就好！"这家伙肯定没有在湖南吃过饭。但他并不听我的，也就不管他了。

烤鱼很快就上来了。汪兄没吃上两口，就被呛得剧烈地咳嗽起来，额上冒出了豆大的汗珠，终于忍不住叫道："妈呀，受不了！太辣了！太辣了！"我打趣他："你不听老人言嘛！"

我们边吃边聊，虽然不久前才在北京见过面，但长沙重逢仍是让人兴奋。酒过三杯，汪兄的心扉完全敞开，从老婆孩子到单位，从工作的辛苦，到内心的压力，又说到单位多位老师被查出重症，我们越聊越沉重。两瓶啤酒下肚，无心继续再喝下去，也就各回房间休息。

次日，老老实实参加会议，听了圈内多位权威的报告，收获颇多。见到了昔日的老师、同学、同门师弟师妹等，大家礼节性地打着招呼，客气地寒暄着，既显得热情洋溢又保持着知识分子特有的那份矜持和分寸。

晚餐后，我约汪兄一同去太平老街逛逛。彼时，仍下着蒙蒙细雨，好在不影响出行，只是气温太低，连一向自恃对寒冷有较强抵抗力的我也终于挺不住了，所幸汪兄带的衣物十分充足，夹克、薄毛衣之外，居然连羽绒服也带上了，我便不客气地霸占了他的羽绒服。我们到达太平街入口处，恰好碰到两位参会的同行，分别来自南昌大学和成都体院，另带着一个本地朋友做向导，大家彼此既已认识，正好同游。

太平街并不长，还不到400米，却是长沙保留旧式街巷格局最完整的一条街，尽显湖湘文化魅力。此时，华灯初上，太平老街游人如织，我们随着人流前行。向导说行走老街一定不要疾步，要慢慢走慢慢看，甚至走几个来回也看不够的。可惜我们同行五人，大家彼此兴趣不一，更准确地说，除我以外，他们几个似乎对古建筑没太多兴趣，更像是晚饭后出来随意溜达，消化消化。当然，我也不能不承认，过多的人流和太浓的商业化，使得来此的人们很难生起访古探幽的心情。刻意保存的石牌坊、封火墙、古戏台等古迹早已湮灭在如织的人流中，一些店名颇吸引人的老商号，如"乾益升粮栈""玉泰和茶行""利生盐号"等，也只剩下个名号，经营的却是本地小吃或特产，最多见的自然是著名的长沙臭豆腐了。我看到有的店前排着长长的队，有的却门可罗雀，人气相差甚远。我们也不想排队等候，就胡乱在一家人不多的店前每人要了份臭豆腐，感觉味道也不错啊，当然这是没有比较前提下的感受。

将要走出古街时，我猛然想起怎么没看到贾谊故居呢，之前查过地图，知道在这条街上的。问过店里小哥，原来我们刚不小心错过了，好在只需回走十几米即是。我见他们几个还站在店前吃着，便招呼一声，赶紧快步回走，可惜故居大门紧闭，早已过了参观时间，只好作罢。我们继续往前，经过供有火神的火宫殿和热闹非凡的黄兴广场，据说这里就是长沙的商业中心了，最适合购物。但我们都无心购物，所以又漫不经心地转了会儿，便打道回府。

第三日才真正是属于我的一天，也算是本次长沙朝圣之旅真正的开始，这是我早已计划好的。虽然会议还有上午半天，但以总结发奖为主，没太多实质内容。大佬们都早已不见踪迹，留下的不是虔诚的青年参会者，就是不得不留下收拾残局的组织者，所以这半天我就留给自己了。而且我特意订了当天晚上的机票，这样，我将有一整天属于自己，我不打算邀任何人，就我一个人，来一场一个人的旅行。

行程的第一站是岳麓山。乘公车很快到达了风景区，从正门进入，不多远就看到山脚下的岳麓书院。岳麓书院号称中国第一书院，大门正上方是宋真宗手书"岳麓书院"四个大字，两旁便是那副著名的对联"唯楚有材，于斯为盛"了。此时正好来了一群游客，带着讲解员，我就跟着听讲解员的介绍，得知上下联分别出自《左传》和《论语》，语出经典，含义关联，为楚人最为得意扬扬之句。进入大门后又有一道门，叫"二门"，亦有门匾对联，匾书"名山坛席"，联曰"纳于大麓，藏之名山"，据说亦有出处。二门过厅两侧悬挂着一副长对联："地接衡湘，大泽深山龙虎气；学宗邹鲁，礼门义路圣贤心。"

经过二门，来到了书院最重要的场所——讲堂，这是教学和举行重大活动的地方，南宋著名理学家张栻和朱熹都曾在此讲学。讲堂檐前挂有"实事求是"的匾，颇让人感到意外，我一直以为这四个字是毛泽东首提的。讲堂中央横梁上有两块镏金木匾，分别是康熙御书"学达性天"和乾隆御书"道南正脉"，但前者是仿制品，后者则为保存下来的原物。讲堂四周墙壁上嵌有不少碑刻，最有名的当是朱熹书的"忠孝廉洁"和欧阳正焕书的"整齐严肃"，据说毛泽东所倡"团结紧张，严肃活泼"是受到此影响。讲堂右侧壁上刻有清代山长王文清撰写的《岳麓书院学规》，讲解员认真给我们读了一遍，边读边评论：很多学规不仅没有过时，反倒是现代教育所缺失的东西，我颇以为然。讲堂三面皆墙，正面却是开放式的，以便讲课时他人随意旁听，真正的"开放式教学"哦！讲堂中央有讲台，上面放置着两张木椅，据说授课时两位老师端坐其上，展开辩论，学生在下面倾听和参与讨论，这又是"启发式教学"了。听到此处，作为同样是老师而仍在主打"填鸭式教学"的我不觉涔涔汗出。讲堂两侧有老师和学生宿舍，分别称作"教学斋"和"半学斋"，意谓教学相长和半学半休、休而不息，古人的勤奋可见一斑。讲堂左侧有一处院落，是为文庙，供奉着孔子和其弟子的画像，后面是御书楼。综观整个书院，呈现为"中轴对称，层次递进"的格局，既庄严古朴，又隐喻了封建社会的等级尊卑的伦理。

在书院逗留约两小时，继续上山，不远即来到神往已久的爱晚亭。爱晚亭始建于1792年，亭名出自唐代诗人杜牧著名的名句"停车坐爱枫林晚，霜叶红于二月花"。亭形为重檐八柱，琉璃碧瓦，亭角飞翘，从远处看，钟灵毓秀，凌空欲飞。亭内为丹漆圆柱，外檐四石柱为花岗岩，亭中彩绘藻井，东西两面的亭楣悬挂着红底镏金"爱晚亭"的牌匾，为毛泽东亲笔题写。我特别喜爱这三个字，色彩吉祥且有皇室之气，毛体书法的大气洒脱和行云流水亦给人很强的感染力，更不消说"爱晚"二字所含满满的诗意和浪漫了。亭前石柱刻有对联"山径晚红舒，五百夭桃新种得；峡云深翠滴，一双驯鹤待笼来"。亭内立一碑，上刻毛泽东手书的《沁园春·长沙》。此处三面环山，紫翠青葱，流泉不断，山中多为枫树，树干高大，树龄多在百年以上，每到深秋时漫山红叶。可惜我来早了一个月，此时的枫叶才刚泛黄，仅少数有露红的迹象，所以"万山红遍，层林尽染"的美景也只能停留在想象中了。

由爱晚亭继续上山，山势顿时变得陡峭起来。抬眼望去，山林中湿雾笼罩，上山石阶如空中云梯，深不见顶，反倒激发了我一探究竟的好奇心。由于行前并未做任何功课，不知道山有多高，也不知道由此上往何处，心里只想着走到哪里就算哪里。山中林壑清幽，古木参天，其中一棵树斑驳老态，树干异常粗壮高大，目测应在30米以上，及看到保护牌，才知是棵樟树，树龄已有815年，我不禁肃然起敬。沿途游客渐渐稀少，大约是此处山势过于陡峭的缘故吧。其间经过不少晚清民国时期的名人墓冢，有陈天华、张辉瓒、黄兴、蔡锷等墓，均一一瞻仰。其中特别要提一下张辉瓒，以前读毛泽东诗词"齐声唤，前头捉了张辉瓒"，觉得他就是个打仗无能的草包，红军手下的败将，及站在他的墓前，睹物思人，一番唏嘘，情感已完全不一样。

气喘吁吁中，终于走出陡峭的石阶，到达一条宽阔的大道，往右是下山，往左是继续上行。我见有"观景长廊"的左向指示标，便选择向左。进入长廊，也就是人工修建的栈道，此处应是岳麓山的最高处了，遗憾的是今日雾气太浓，远处一片莽莽苍苍，无法极目远眺。在失望中又往前走一段，见有一亭，一群青年男女三三两两相拥其中，有的仰面痛哭，有的低声安慰，情绪都处于一种异样的激动和亢奋中。我不觉错愕，既不像是来扫墓的，也不像是同伴发生了意外，远远观看数分钟，仍是不得要领。一会儿，他们彼此肩搭肩围成一圈，唱起了歌："在我心中，曾经有一个梦，要用歌声让你忘了所有的痛……"歌声带着哭腔，唱毕，一群人整齐划一地一边用力跺脚，一边高声呼喊着口号，我没太听清他们喊的是什么，此时突然怀疑他们会不会是一个类似传销的组织？

既然雾锁风景，我只短暂停留，就开始折返下山。从南门出来，又回到了出发点，此时已是中午，肚子里唱起了"空城计"，便随便找家面馆，要了碗常德米粉，填饱肚子，便打辆的士，向下一站——橘子洲出发。

不过二三公里便到达湘江大桥桥头下，桥中间有上橘子洲的唯一入口。司机说因为今天有马拉松比赛，无法送我上桥了，要我自己从桥上步行入岛。他要了我二十五元车费，有点黑，我也懒得理会，不想影响自己的好心情，也正想徒步，在桥上看看风景。拾阶上得桥面，见江水清澄，碧波袅袅，江心的橘子洲如一条绿带向南北方向延伸开来，在雾气的笼罩下，如海市蜃楼一般。从桥中部的旋转台阶下来，橘子洲就在我脚下了！"独立寒秋，湘江北去，橘子洲头。"耳边又响起毛泽东的诗句，此刻正是寒秋，湘江依旧北去，只可惜斯人已逝，我站在橘子洲，内心既兴奋和激动，又涌出追思怀远的情愫，睹物思人，百感交集！

打听到此处距橘子洲头还有大约4公里，可坐电瓶车，但我仍是选择徒步。岸边柳树成荫，沿途翠荫匝地，花木修葺整齐，环境十分洁净。不时见到拎个小袋、拿把长夹的清洁工认真地在草丛中扒拉着烟头纸屑，令人肃然起敬。岛中有大片平整草地，间或点缀着三两栋旧式建筑，有民国军阀的别墅，有外国的洋行。经过一处竹林时，我特地在里面逡巡了一会儿。竹有两种，一种高大繁密，一种细小簇集，林中浓荫掩翠，时闻竹海涛声，恍然置身幽远世外。在石凳小坐片刻，轻燃香烟一支，静享一个人的悠然自在。

继续前行，看到一块巨大的黄蜡石刻，刻着毛泽东的《沁园春·长沙》。站在石刻前，再次拜读这首著名词作，被毛泽东那笔走龙蛇般的狂草所折服，更被他那胸襟宽广的伟人情怀所感染，我自是没有"指点江山"的豪情，更发不出"问苍茫大地，谁主沉浮"的天问，独对"万类霜天竞自由"这句颇有同感，毕竟，我也是个虔诚的自然主义者。

终于到达橘子洲头，这里游客陡然多了起来，不消说，都是冲着那巨大的毛泽东青年雕像而来的。雕像高32米，给人极强的视觉冲击力，据说这是世界上最大的毛泽东雕像。雕像的围栏外，游客争相拍照留念，我也免不了留照一张。雕像前面是一片橘园，园边栽种数株高大的柚子树，正是果树成熟季节，但见柚黄橘红，空气中弥漫着诱人的清香。洲头是一块开阔的亲水平台，近处碧波吻岸，水净沙明，远处江天一色，青山隐隐，令人心旷神怡。

我在橘子洲停留了约三个小时，乘地铁赶往行程的最后一站——贾谊故居，昨天去了却因闭门而不得入的遗憾。贾谊是西汉杰出的政论家、思想家和文学家。其实我对他了解并不多，虽也读过他那篇很有名的《过秦论》，但毕竟因为我对政治不太敏感，所以并没引起太大的兴趣。后来因为喜爱上李商隐的诗，每读到"可怜夜半虚前席，不问苍生问鬼神"这两句时，脑海中想象着汉文帝和贾谊君臣对坐，姿态如此滑稽，有种想笑出来的感觉，对贾谊的兴趣也渐生。

在故居门口排队领取免费门票，进入大门，展现在眼前的是一座不大的院落，左侧有一亭，里面有口老井，名长怀井。据说故居屡遭战火毁损，房屋多次重修，只有这口井还一直保存着。正厅是贾谊执笔端坐案前的雕像，目光炯炯，英气逼人。后厅两侧为展室，有贾谊生平介绍，有故居出土的一些文物，也有历代文人写的与贾谊有关的诗词，包括韩愈、刘克庄、杜牧、杜甫、刘长卿等，李商隐那首《贾生》自然也在其中，我仔细阅读了全部诗作，发现其中佳句颇多，如杜牧的"怜君片云恩，一去绕潇湘"，刘长卿的"寂寂江山摇落处，怜君何事到天涯"。当读到杜甫的"不见定王城旧处，长怀贾傅井依然"句时，忍不住又折回那口长怀井前，周遭细看，突然明白"长怀井"之名应是出于杜诗了。紧邻古井有一长排石碑，都是历代名人题咏贾谊的诗作，比展室内的更丰富。我粗粗浏览一遍，感觉大多较为平庸，真正的佳作并不多。

走出故居时，已过下午五点，再次漫步在太平老街上，才感觉腿脚有些酸软，但心里却有种轻松感，仿佛完成了一项神圣的使命，有种如释重负的感觉。不过也略有遗憾，如有时间去韶山毛泽东故居一游，此次朝圣之旅就算完美了，但人生又有多少完美的事呢？

　　走进一家小餐馆吃了碗馄饨，休息片刻，等重新走到大街上时，已是夜色笼罩，万家灯火，也到了我该回去的时候了。

2016. 11. 12

秋夜听虫鸣

夜晚是宁静的，尤其是深夜，这应该是许多人的共识。如果一个人在深夜静坐独处，就难免会感到些许寂寞和孤独，这恐怕也是极正常的情感。

我最近形成了早睡早起的习惯。就通常意义来说，这应该算是好习惯，但我睡得还真有点早，九点左右；起床就更早了，凌晨两三点。考虑到整个睡眠时间不到六小时，就很难说这是个好习惯。不过，因为中午还能坐在沙发上打会儿盹儿，白天精神尚算正常，所以我倒没有将自己列入失眠者之列。唯一稍感不安的是对妻儿带来了一些负面影响。吃早餐时妻子抱怨我起床的脚步声惊醒了她，儿子也附和道，半夜迷迷糊糊地感觉书房有光亮。他房间的门明明是关上了的呀，这小子！

今晚照例三点不到就醒了，再也无法入睡，干脆披衣起床，坐在书房，随手翻开一本书看一会儿。此时正是万籁俱寂，外面漆黑一片，四周全没声响，一份寂寞与孤独正要向我袭来，我突然听到了一种声音，隐约从后山传来，"唧唧唧，唧唧唧"。侧耳倾听，竟还不止这一种声音，"啾啾""嘀嘀""织织"，声音竟越来越多，越来越密，各种腔调，各种节奏，有的高亢，有的低沉，有的急促，有的平缓。那频率也很不一样，你听这位，"嘅——嘅——嘅——"，用一种固定的频率，钟摆一样机械而单调地重复着。那位就不同了，"嘀嘀嘀嘀"连续数声，像机关枪似的，然后停顿一会儿，"嘀嘀嘀嘀"，再来一阵机关枪。

此时，虫声正此起彼伏，如举行着一场盛大的演奏会，或"嘫嘫"而有味，或"唑唑"而入扣；或"啧啧"而称赞，或"咿咿"而不舍。或嘹亮高亢，或浅唱低吟；或嘤嘤和鸣，或喃喃自语。那叫声最响亮的应该是蝈蝈吧，闹得最欢的怕是蛐蛐，或许还有纺织娘、金铃子之类，但我确实对昆虫的叫声没有研究，终究只是胡乱猜测。听说蟋蟀的叫声分为两种，通常是"唧唧"声，如果发出的是"吱吱"声且带着颤音，那就是两只虫儿在欢爱之中了。可惜我终于没有听到这颤音，也或者是自己太迟钝，竟分辨不出颤音也未为可知。

看来，不同的叫声未必只是物种的差异，也可能代表不同的含义吧。其舒缓平和者，可能是隐逸之士于高山流水之间的纵情弹奏；其惊突急呼者，应该是遇到了敌情而发出的严厉警告；其甜美婉转者，或许是"少女"青春的萌动；其热烈奔放者，莫非是在仰慕已久者面前的深情倾诉？

此时的我，已完全被这虫声所感染，寂寞与孤独早已烟消云散。"知他诉愁到晓，碎哝哝多少蛩声。"这是宋人蒋捷的词，我不知诗人的愁从何处而来，这高低错落的虫声明明是如此生动而有趣！倒是"今夜偏知春气暖，虫声新透绿窗纱"这样的诗还算颇懂虫趣，虽然此时已然是秋天，"蛐蛐叫，秋来到"，但在深秋凉气袭人的夜晚，这虫声倒是比春天里更能温暖人心的。

我想，夜晚不过是我们人类的概念，于虫们来说，这正是它们的白天，它们的工作日。或觅食，或求偶，或旅行，或访友，怡然自得，欢乐自在。这小小虫儿，不过生活在动物界的最底层，它们自是没有虎豹熊狮的显赫，也没有猫狗之类与人的亲近。它们的叫声根本无法和鸟儿的婉转悠扬相提并论，自是招徕不了人们的注意和喜欢的。它们当然卑微无比了，有谁会在意它们，关注它们，甚至喜欢上它们呢？

但卑微者自有卑微者的快乐。你听听这虫声，如此欢娱，如此自在，用它们美妙的歌声，纵情地唱着生命的赞歌。生命就应该这样，既来到这个世上，就做最快乐的自己。

写到这里，我轻轻带上妻的房门，踱到窗前，点上一支烟，再次真切地听到了这秋夜的虫声。我知道，天色将明，这虫声很快就会消失，会被人声、汽车声、机器声所湮灭，或许它们正好能得以休息，能甜甜地做上它们的好梦。

2016.11.23

看见日出

因为习惯早起的缘故，我经常能看见美丽的日出。

在我看来，一个人想要真正地贴近和融入大自然，最好是在日出时分。因为日出时分既不像夜晚那样因为黑暗和虚无，更易触发人们情感的内审和灵魂的返视；也不像白天，人们因忙于各种浮事而无暇顾及大自然。只有日出时分最能感知宇宙的运转，最能触摸到大自然的脉动。当人类尚处于睡梦中的时候，太阳将升，大自然开始醒来，星星和月亮淡淡隐去，天空开始露白，周围的景物渐次有了层次感。鸟儿开始歌唱，万物开始吐露生机。这种变化每分每秒都有不同，甚至你只是眨一下眼，都会发觉和方才又不一样了。自然界就是这样奇妙！

我所住的地方位于城乡接合部，视野开阔极了。远处，空旷的田野里散布着一大片农舍——都是三两层的小楼房——远远望去，星星点点，如羊群散落在广袤的原野上。再远处则是高低的群山，隐隐约约起伏在天际。

此刻正是黎明时分，远山在薄雾笼罩下，伏着它黑魆魆的巨大身影。整个天空尚是乌青色，不见一丝云彩。一会儿，东方开始泛红，天空现出均匀柔和的浅浅的橘红色，不久，出现了一条狭长的云带，接着又现出几条，天空开始有了层次感。光线和色彩一直在悄无声息地变化着，仿佛有一位神秘的画师在操控一支看不见的笔，挥洒着这一切。

几只鸟儿迎着朝阳在低空中盘旋。我特别喜欢看它们滑翔时的身姿，一对翅膀轻松自在地舒展着，那么对称和协调，呈现出优雅的弧线。山林里传来阵阵鸟语，格外婉转清新，即使一个情感再迟钝的人，也能感受到它们之间在唱和交谈时的那种欢畅和愉悦。

天空变得越来越明亮，色彩越来越艳丽，层次越来越丰富，之前乌色的云渐渐变白，接着又镀上了一层金光。不经意间，紧贴着山顶的云带被染得通红，并且红得越来越透，越来越亮。这时候，空气中弥漫着一种紧张、略让人窒息又令人期盼的氛围，像战士等待嘹亮的冲锋号吹响的前夕，像婴儿呱呱坠地前的一刻，我知道那个时刻就要来临！是的，太阳的弧顶冒出来了！开始只是一点，逐渐增大，从弧到小半圆，到半圆，最后终于形成了一个完整的圆！这时候的太阳又大又红，但并没有什么光芒，仿佛少年刚刚醒来，睡眼惺忪的；又似初登舞台的小姑娘，羞答答红着脸；亦如谦谦君子，庄重、沉稳而内敛。随着它的缓缓上升，在穿过云带后终于露出了万丈光芒，很快已是光芒四射，耀眼而夺目，完全无法直视。此刻，太阳才露出了它的霸气，才真正成为君临天下的那个王！

突然想到宋太祖写的一首关于日出的诗：

太阳初出光赫赫，千山万山如火发。

一轮顷刻上天衢，逐退群星与残月。

我初读此诗时，觉得它略显粗鄙，太直白，如一介莽夫站在你面前，艺术性有所欠缺。但翻遍唐诗宋词，也没找到描写日出更好的诗句了。再回头读时，才觉得它的气势非凡，透着帝王的霸气，这就是所谓的境界吧，正如王国维先生所说，诗以境界为最上，有境界就是好诗。

想到这儿，心中竟有诗情勃发，便提笔写了如下一首诗：

风雨何妨金虎归，东山一带透朝辉。

我轮越过荆棘后，处处青山带彩飞。

不及太祖诗有气势，但自以为也小有境界，嘿嘿。

人们喜悦于日出，感伤于日落。究其实，一切情感的产生都是源于人自身，对大自然而言，它无关情感，无关苦乐，无关悲喜，甚至也无关生死。就像这每天看见的日出，只默默地遵循着宇宙的运行法则，静静地书写着永恒这一主题。

2017.2.9 初稿

2017.7.22 改成

划过夜空的流星

——纪念黄家驹逝世二十四周年

很多人都喜欢听歌，我也是。我以为，好的歌曲可分为三个层次：好听的歌、让人感动的歌、触动心灵的歌。好听的歌入耳，让人感动的歌入心，触动心灵的歌入魂。或者打个比方吧，好听的歌如遇见美丽女子，让人感动的歌如遇见老朋友，触动心灵的歌如遇见知己。

好听的歌太多了，正如美女如云，无须多说。让人感动的歌也不少，就我来说，陈百强、罗大佑等人的歌都让我感动，如果非要说一个最让我感动的歌手，应该是邓丽君了。她的歌，甜美轻婉，柔情似水，常常，你不觉得她是在唱歌，而是在向你倾诉她的故事、她的心思，她能让你的内心特别安宁和纯净，所以白岩松说，如果有一个声音能让全世界的华人安静下来，那就是邓丽君的歌声。邓丽君是能真正入心的人，甚至，偶尔还能走得更远，比如那首《酒醉的探戈》。但她终究还不是那种能触动灵魂的，这无关名气大小，无关水平高低，只关乎是否能引发你灵魂的感应。也许能触动灵魂的歌或者歌手，真的极为少见，毕竟，知己不仅少之又少，而且更是可遇而不可求。男人的伤，男人的痛，男人的魂，也许终究只有烟，只有酒，只有半夜的孤灯，和寂寥荒野的长箫可以触碰到的吧。

直到我听到黄家驹的歌，才发现原来歌声也能如烟，如酒，如孤灯，如长箫，也能深入骨髓之中，也能与灵魂共舞。余秋雨有这样的诗句："每个人都有一个死角，自己走不出来，别人也闯不进去。我把最深沉的秘密放在那里。"一直深以为是，但听到黄家驹的歌，才发现自己竟没有所谓的死角，因为他的歌就这样轻易闯进了我的灵魂。

我不记得第一次听到他的歌是哪一首了，也许是《大地》，也许是《真的爱你》，或者别的歌。也并不是立即就在心中引起了强烈的共鸣，开始只觉得好听吧，甚至觉得他那歌词用普通话读起来，还不是很通顺，有些拗口，那时候，我竟然还不能分清黄家驹和 BEYOND 的关系。到后来，经历了太多的事情，尝尽了太多的苦痛，再听他的歌，那种震撼感、那种触碰感就来了，就有热血往上涌的感觉，就禁不住想流泪。

据说黄家驹谱的曲子多达 800 多首，遗憾的是，绝大多数并没有公开发表，或者是来不及发表。公开发表的作品有 100 多首，其中由他亲自填词的就有 28 首之多（这些数据也许并不准确），原创性是他的标签，很多歌词本身就是经典，说他是音乐界的天才是一点也不过分的。

黄家驹这个名字，如凤歌之楚狂，放荡不羁；如剑光之牛斗，照耀四方。他那标志性的略带沙哑的嗓音，和光着上身、闪着汗珠、有一种金属质感的肌肤，满舞台奔跑的身影，本身就是向命运呐喊、宣泄、抗争的桀骜不屈的草根阶层的化身，他的声音发自最底层，充满沧桑又积极向上，"多少次迎着冷眼与嘲笑，从没有放弃过心中的理想"（《海阔天空》），仿佛是他一生的写照。他的《光辉岁月》对黑人领袖曼德拉进行了热情讴歌，《AMANI》饱含着对战争的控诉和对和平的祈祷，这样的视野和胸怀，放眼世界歌坛，都是极为少见的。

有人说，光辉岁月何尝不是黄家驹自己的人生写照？在《大地》中他唱道："多少次艰苦的开始，他一样挨过去，患得患失的光阴，只是从前的命运。""回头有一群朴素的少年，轻轻松松地走远。"他就是这样，在苦难中仍能坚守乐观。即使是在最失意的时候，他也仍然对人性的善意充满着期待："看有多少生疏的脸，默默露笑容。"（《再见理想》）然而，铁汉并不缺乏柔情，《真的爱你》这首献给母亲的赞歌一问世便感动了无数人。《喜欢你》据说是为他的初恋情人写的，"喜欢你，那双眼动人，笑声更迷人"。为了事业，他忍痛放弃了爱情："满带理想的我曾经多冲动，抱怨与她相爱难有自由"，然而他又深深后悔和自责了："以往为了自我挣扎，从不知，她的痛苦。"黄家驹的歌不仅是他个人心声的吐露，更是一个时代脉动的缩影。

相比今天流行乐坛的浮躁、娱乐到死的伪繁荣，缺乏内涵的矫情，无孔不入的商业化运作，既不能担起社会的责任，更不能走进灵魂的深处，流行音乐特别是港台流行音乐走到今天已日渐式微，回头再听黄家驹的歌，感慨中又平添了几多唏嘘，怀念中又涌出了几多遗憾！

黄家驹死于一场意外。1993 年 6 月 24 日，他在日本录制节目时，不慎从高台坠落，六天后终因抢救无效而去世，年仅三十一岁。鲁迅先生曾说："悲剧就是将人生有价值的东西毁灭给人看。"黄家驹的死无疑是一场巨大的悲剧，他的意外早逝，留给人们无尽的哀思和悲伤。当我再次听他的歌："钟声响起归家的讯号，在他生命里仿佛带点唏嘘"（《光辉岁月》），"原谅我这一生不羁放纵爱自由，也会怕有一天会跌倒"（《海阔天空》），仿佛都成了神秘的谶语，成了他个人悲剧的暗示。

黄家驹说过："我背着吉他，就像背着一把宝剑。"是的，他正是拿着吉他这把宝剑，披着摇滚的外衣直抒胸臆，他的歌激越而不乏内敛，悲怆而又自信，昂着不屈的头颅，挺着男儿的脊梁，闪着人性的光辉，带着社会的责任！

顾城有首著名的诗："黑夜给了我黑色的眼睛，我却用它寻找光明。"是的，黄家驹正是用这样一双眼睛，一直在向光明的前途进发。他的一生虽然短暂，但在流行乐坛上的成就已是永恒的经典，他像一颗划过夜空的流星，将一瞬定格成为永恒！

写到这里，突然想到吴人季札归还徐君宝剑的故事。黄家驹，我爱了他这么多年，敬了他这么多年，终究从未为他做过什么，隐隐觉得亏欠于他。今天，恰逢家驹忌日，斯人已逝，权且以这篇短文当作徐君之剑，敬献在家驹的面前。

2017. 6. 30

论"诗和远方"

一

"生活不只眼前的苟且，还有诗和远方。"几年前，音乐人高晓松的金句一传出，便迅速成为流行语。2016 年，高晓松又借此创作了新歌《生活不止眼前的苟且》，使这句话再次受到热议和关注，尤其是那些生于七八十年代，在苟且中讨生活而又心存不甘、理想不死的中年男人，仿佛一下子戳中了他们的泪点。"苟且"二字，道尽了多少人内心的委屈、辛酸、无奈和对现实的不满！而"诗和远方"，又触碰到了多少人心灵深处那些曾经的梦想、逃离现实的冲动和对理想与未来的憧憬！

我第一次面对"苟且"二字时，心中是带着几分抗拒的，不太愿接受。我的第一反应，"苟且"是与"偷生"联系在一起的，这是一个标准的贬义词嘛。难道我们都是在苟且中生活吗？难道我们一直是在偷生吗？这样想下去，心里一下子拔凉拔凉的。它像一双冷酷的手，无情地揭开了罩在身上的遮羞布；它像一枚钢针，深深地扎在脆弱的心里。然而，挣扎过后，最终又不得不承认，在困顿的生活面前，除了同意之外似别无选择。

苟且是什么？就是天天看着上司的脸色讨生活；就是没日没夜地加班，到月底只换来微薄的薪水；就是一日三餐柴米油盐的琐事；就是偶尔肆意放纵后的一地鸡毛。所以，谁没有过苟且呢？有几个人能说自己不是在苟且中生活呢？苟且，其实是绝大多数人的一种生活常态。

诗和远方，多么浪漫的文字，我们有吗？它在哪里呢？或者，它在一场说走就走的旅行里，在两三友人围炉品茗的惬意里，在临窗读书的闲适里，在伫立晚风思绪万千的惆怅里。但我隐隐觉得，这些不过是略带文艺的小资情调罢了，还不足以表达出诗和远方的完整含义。

或者，它是在林则徐"苟利国家生死以，岂因祸福避趋之"的决然里，在屈原的"路漫漫其修远兮，吾将上下而求索"的激越里，在毛泽东"问苍茫大地，谁主沉浮"的天问里，在温家宝"仰望星空"的情怀里。如果是这样，那我们绝大多数人更要涔涔然而汗出了，我们这些凡夫俗子哪还有诗和远方！

又或者，将诗和远方理解成人生的长远规划和打算对不对呢？比如，一个大学生刚毕业，就做好了人生规划：三年内能摆脱对父母经济上的依赖，十年内拼出一套房子，二十年内实现财务自由；一个刚入职的年轻人，盘算着三十岁前升科级，四十岁前升处级；一个刚刚邀了三五伙伴注册了一家袖珍公司的小老板，打算用五年时间员工达到一百人，十年成为上市公司……

这叫不叫诗和远方呢？这也算是有为了吧，也算是有理想和抱负了吧，也很励志，也满含着努力前行、永不停步的砥砺。但我还是不愿意将此视为诗和远方，因为它只局限于物质和社会地位的追求，囿于个体价值的实现，如果这就是诗和远方的话，古代那些放弃前程、物质享受和社会地位，遁入山野的隐士，像许由、巢父、严光、陶渊明等，就都没有诗和远方了。

诗和远方究竟是什么？我想，诗，绝不只是指诗歌，或者说是读诗和写诗，虽然这也是题中应有之义。诗，是说人活得应该有诗意，正如海德格尔说的那样，"人应该诗意地栖居在大地上"。远方，就字面意思而言，是指时空两方面，隐含的意思是人的精神和思想应该能到达更远的地方。说到底，无论是诗还是远方，都是精神层面上的东西，是思想，是情怀，是境界。一个人只要还能得到精神上的愉悦和满足，还有精神上的追求，那就有诗和远方。

更进一步说，诗和远方是人们对精神自由的向往。世界上没有什么东西不能失去，除了精神上的自由。虽然我们无法获得绝对的自由，如卢梭说的，"人生而自由，却又无往不在枷锁之中"。但这并不妨碍我们对自由的向往和追求，并不妨碍我们追求诗和远方。

这样说来，苟且相对诗和远方，无非是一个人的两个构成面，前者是物质层面，表现为物质生活的世俗性；后者是精神层面，表现为精神生活的宁静、高远、脱离世俗、富有情趣。

二

那么，如何拥有诗和远方？余师写过一本书——《身体和灵魂总有一个在路上》，记载了作者一整年游荡半个中国的旅程，他说：要么读书，要么旅行，身体和灵魂，总有一个在路上。无独有偶，印度也有句古谚语：放慢脚步，等一等灵魂。

记得在微信朋友圈里流传过这样一篇短文：小提琴大师约夏·贝尔在纽约地铁里扮作流浪艺人演奏，川流不息的人群几乎没有人驻足，整整 45 分钟的演奏只收到区区 20 美元的酬劳，而这位大师在剧院专场演奏会的门票是 200 美元。人们只知道步履匆匆，全然没注意到最美妙的音乐就在耳边。

看来，人们对物质生活的关注太多，追赶物质生活的脚步太紧，导致了我们精神上得不到充电，以至于夜深人静的时候，当浮华褪去，我们剩下的都是寂寞，是空虚。所以，过多地追求物质妨碍了我们拥有诗和远方。

有人或不以为然，他们说精神是依附于物质的，没有一定的物质基础，哪会有诗和远方。他们也找到了很好的注脚，高晓松为什么可以轻轻松松地消费"诗和远方"？你看他的父辈，祖父辈，哪个不是大教授、大学者？我想问，如果是这样，那些富豪岂不都生活在诗和远方中？那些穷人岂不都只有苟且之命？如果是这样，那如何理解在羁旅中漂泊，穷愁潦倒的大诗人杜甫能写出那些伟大的作品？如何理解一个被病痛折磨得连生活自理能力都没有，连婚都离不起的湖北农民余秀华能惊艳当代诗坛？如何理解一个从垃圾堆里捡来废弃吉他弹唱的青年能够创造 BEYOND 乐队的传奇神话？

虽然有"贫贱夫妻百事哀"这样的说法，但我还是坚持认为精神上的愉悦和享受无关物质，否则，我们如何理解那些腰缠万贯的富人还有精神上的无奈和痛苦？放眼中国历史，像晏殊、欧阳修这样一边享受高官俸禄和荣华富贵，一边还有诗和远方的文人还真不多，大多数文人都是穷愁潦倒，物质层面上都是极为"苟且"的，杜甫、李商隐、柳永……这样的人比比皆是。但是，他们生活得再不堪，也还有情怀，还能纵情于山水，在诗词歌赋中宣泄自己的精神世界，他们当然有诗和远方了。

三

如果诗和远方只是指精神上的追求和享受，那谁没有过诗和远方呢？是的，我承认是有过，可惜只是偶尔有过，更多的时候我们是迷失的，甚至这种迷失到今天愈演愈烈，现代人精神上的空虚、情感上的孤独、思想上的干涸和颓废已经发展到了十分可怕和危险的地步，我们比以往任何时候都轻视精神生活。不是有人说"信仰危机"吗？他们说的信仰绝对不是宗教，而是精神。所以，"世界那么大，我想去看看"，这句话2015年一出现在网络便迅速成为流行语，被称为最有情怀的辞职信，不正表达了人们对"诗和远方"的呼唤和向往吗？

如果没有积极的精神生活，一切都是苟且；即使有了呢，我们也还会苟且，因为我们不可能只生活在精神之中。

所以，苟且并不可怕，可怕的是只剩苟且。

所以，去旅行吧，那里有诗和远方；去读书吧，那里有诗和远方；去交友吧，那里有诗和远方。

说到这里，有的人或又会无不揶揄地说，你说的这些不过是励志书的腰封罢了，不过是文化商人口中的吆喝罢了，不过是在早已泛滥成灾的心灵鸡汤中又添加了一碗罢了。

的确，一说到心灵鸡汤，人们内心条件反射般自然就带了轻蔑之意，因为"心灵鸡汤"一词已经越来越负面了，近似于不切实际、不着边际的精神鸦片。不是有人这样刻意调笑吗？生活不止眼前的苟且，还有明天的苟且；父母尚在苟且，你却在炫耀诗和远方。

　　对于第一句，我的回答是：谁又说明天没有苟且呢？明天有苟且，但也需要诗和远方。对于第二句，我的回答是：父母尚在苟且，跟我们追求诗和远方矛盾吗？难道说我们也只能永远像父母一样苟且？

　　所以，如果非要把诗和远方称为心灵鸡汤的话，我一点也不介意的，因为喝鸡汤，总好过吃垃圾食品吧。

2017. 7. 28

最美是黄昏

这是一天中最美的时候，工作结束了，黑夜还没有到来，晚饭之后，一时也没什么非得马上处理不可的紧要事情，这是一天中最得轻闲的傍晚时候。

在最美的傍晚，我站在这个城市最美的地方，欣赏着这个星球上最美的日落。脚下，宽阔的江面在缓缓流动；对岸的城市，随着人们一天工作的结束，此时也安静了下来；往河的上游看，视野更为开阔，那极远处起伏着绵绵青山，在云雾中隐隐约约的。

此刻，在我面前呈现出一幅巨大的山水风景画。整个天空宛如铺开的巨幅画布，画布的中心自然是落日，但它仿佛既在画中，又置身于画外，专注地做它布景师和调色师的工作。看吧，随着落日的调动，白的云，黑的云，都变成了彩色的云，都在向西边集中。云朵的色彩一直在改变，赤红，丹红，淡红，暗红，不同的时刻各不相同。随着太阳入射角逐渐变低，光线到达之处，景色变得立体而生动，光线似乎在整个天空中舞动着，流淌着，天地之间尽被光的雾笼罩着。

太阳渐渐收起了它的光辉，只剩下一张红彤彤的脸，在缓缓下沉着。这时候，黑夜便蠢蠢欲动了，它窸窸窣窣地摸上来，小心翼翼地向西边挨近，周遭开始暗淡下来。当落日坠入厚厚的云彩中时，大部分光线被遮住了，夜的胆子就大起来，竟然一下子就让天空暗了好多。当云层变薄，光线又突然射出，夜便惊慌失措地向山林中狼狈逃窜！太阳也懒得搭理它，打着哈欠，逡巡片刻，从容告退，黑夜便像一只野狗，又从林中钻出来，虚张声势地吠了几声。

此刻，黄昏已逝，冥冥的天空中还飘浮着三两朵淡淡的彩云。河对岸的城市已模糊成黑魆魆的影子，那高高低低的房子，长带状的城墙，像一幅剪纸，或者说是影子舞的定格，在这静谧的夜色中，呈现着另一种美。

这是我所看到的最美的黄昏（请允许我再次把它称为最美，其实每一处的黄昏都是最美的），连同这夜色都那么美！这一切都拜大自然赐予。在大自然面前，才发现人类的渺小，才知道人力的不可为，才相信这宇宙似有某种神秘的力量在主宰着。美国参议员约翰·麦凯恩看到大峡谷落日后，说："我相信自然进化论，但当我来到大峡谷，看到这里的日落景观时，我同样也开始相信上帝的存在。"虽然此君是著名的对华强硬派，不大受国人的待见，我就算不因人废言吧，毕竟他的这句话我还是颇有同感的。

脑子中突然冒出一个问题，这白日和黑夜，到底是谁打败了谁？白天和黑夜谁更永恒呢？又觉得这样的问题实在好笑，这不过是宇宙的运行法则罢了，何需比较呢？所谓相由心生，人们向天发问，其实本意皆源于人事。如果将日夜看作人的生死，那么黄昏就是行走在生死的边缘了，所以，当李商隐吟出"夕阳无限好，只是近黄昏"的诗句时，他应该是在感叹人生苦短、生命易逝的一种无奈，这也是多少人的心声啊！

但我并不太喜欢李商隐这样的表达方式。从生物的生存法则而论，死也是生的前提，所谓向死而生，没有死哪会有生呢？所以我更喜欢读罗素的那篇《怎样变老》，里面有段特别精彩的话，请允许我把原文引在此处吧。

An individual human existence should be like a river—small at first, narrowly contained within its banks, and rushing passionately past boulders and over waterfalls. Gradually the river grows wider, the banks recede, the waters flow more quietly, and in the end, without any visible break, they become merged in the sea, and painlessly lose their individual being.

这段英文是极易懂的，所以能读原文当然极好，这也是我将原文引用在上的原因。如果硬要翻译过来呢，我本来是想上网下载的，但搜索到多种译文，都有不满意之处，遂自个操刀了，试译如下：

> 人的生命应当像一条河流，开始是涓涓细流，窄窄的受制于两岸之间，然后开始奔腾咆哮，冲过巨砾，跃过瀑布。渐渐地，河面开阔起来，堤岸后撤，水流平缓，最后变得森森无际，汇入大海之中，毫无痛苦地消失了个人的存在。

我特别欣赏他用的一个词，Painlessly，毫无痛苦，对！生命的逝去应该是毫无痛苦的，这种感觉不是来自肉体，而是来自灵魂，是生命在绽放之后的一种必然归宿；是我们在充分享受人生之后，对死的义无反顾。人如果持有这样的心态，黄昏又何尝不是一种美呢？

所以，每当我读到李商隐这两句诗时，我总想把它改为：

夕阳无限好，最美是黄昏。

2017. 8. 2

野花赞

　　我喜欢野花儿，我喜欢默默无名的你。

　　看吧，一望无际的草原上有你，像天上飘下来的朵朵彩云，漫天遍野，星光般璀璨；高耸入云的山上有你，触摸着天地的呼吸，"凌寒独自开"；阴暗潮湿的溪涧边有你，朝着光明，努力向上；风吹雨打的瓦楞上有你，不屈不挠，诉说着生命的坚强。

　　你在荒郊，在河边，在路旁，在乱岗，在石缝，在墙头……你在每一个无人问津的地方，在你爱的每一个地方，在每一个爱你的地方。

　　你或攀附，或盘卧；或丛生，或散落；或孑然独立，或簇然群居。不刈不剪，任枝任蔓；无拘无束，随性自在。你就是这样，平凡而超脱，真实又自然。

　　你以雾为餐，以露为饮；迎来朝阳，送别晚霞；与天同息，与云共舞。你就是这样，在岁月的长河里，历时光荏苒，阅世事沧桑。

　　其实，你不仅仅是野性，更多的是柔情和温存；你不仅仅是放荡不羁，更多的是洒脱和飘逸；你不仅仅是随意散漫，更多的是自然和心安。生命还有你这般真实的吗？生命还有你这般自然的吗？生命还有你这般更懂得演绎生命的吗？

天地之间有一个你，天地之间有一种真切的爱；天地之间有一个你，天地之间有一份生命的自在。你是世间不朽的精灵，你是大自然最美丽的梦！

我欣赏野花儿，我欣赏真实的你。

世间有太多的花儿，富贵如牡丹者，纯洁如水仙者，孤标如秋菊者，炽烈如红玫瑰者，温馨如康乃馨者，妖娆如桃者，冷艳如梅者……但是，有自在如你的么？有葳蕤如你的么？有永恒如你的么？

你自是没有家花的显赫名声，但也少了一份"盛名之下，其实难负"的累赘；你自是没有家花的雍容华贵，但也少了一份矫情和造作；你自是没有家花的尽善尽美，但也少了一份刻意和修饰；你自是没有家花的恃宠而娇，但也少了一份忸怩和约束。

或许无人在乎你，你又会在乎谁呢？你就是你，任沧海桑田、斗转星移而亘古不变的你！我想知道你的自信来自哪里，我想知道你生命的定力来自哪里，其实，我又有何资格和你谈自信，谈生命，谈永恒呢？

有时，你也会被任意采摘，会被肆意践踏，会被无情蹂躏，但你总是随遇而安，从无怨艾。你知道，纵使一花凋谢，终得百花盛开；你知道，生命不恨苦短，自有大道循环。

我珍惜野花儿，我珍惜卑微而不自贱的你。

人世间有如野花一样的人们么？在清晨的大街上，我看到埋头清扫着垃圾的工人，他们每天迎着第一缕晨曦，年复一年，日复一日，无论寒冬和酷暑。在杂草丛生的荒野，我看到沿着铁道线来回巡视的检修工人，他们带着干粮，早出晚归，每天要走数十公里坎坷不平的路。在一望无际的田野上，我看到正在耕作的农民，他们世世代代居住在生养他们的土地上，挥洒着辛勤和汗水。在苍茫的大海上，我看到正在撒网的渔夫，他们无惧狂风和骇浪，习惯了孤独与寂寞。在昏暗的井下，我看到正在采煤的矿工，他们大而有力的手上布满老茧，黝黑的脸上，唯有一双眼眸闪闪发光……哦，这千千万万的普通劳动者，不正如野花一样吗？他们从来都是默默无闻，他们的生命是如此平凡，甚至如此卑微，但正是他们的无私奉献，社会才得以传承，人间才能多姿多彩。他们生生不息，以极普通的生命，用自己的勤劳和付出，扮靓了全世界，他们其实是最伟大和不朽的！

"山无重数周遭碧，花不知名分外娇。"是的，这千千万万极平凡又极伟大的劳动者，才是这世间最美的花儿，才是真正的天之娇子！

我赞美野花儿，我赞美平凡而又不朽的生命！

2017. 12. 28

03

| 第三辑 |

本辑是学生时代所写的一组散文

襄河三人行

中午，乘同学们在午睡，泽华、红兵和我悄悄溜出校门，去襄河边玩耍，其实，我们是成心去游泳的。一路上，我们逗逗打打，泽华和我称兄道弟，口口声声要和我一起惩罚红兵。红兵也着实可恨，以为弱小之可欺，此刻正用胳膊勒住我的脖子，那种似疼非疼、似痒非痒的感觉，让人无比难受！泽华在一旁上蹿下跳，却无法助我一臂之力，因为只要他一有帮我的意思，红兵就会把胳膊紧一紧，叫我活受罪。我苦苦哀求好半天，他才松手。摸摸脖子，都细了好几寸呢！红兵这家伙，非得给他点厉害不可。

来到河边，红兵和我脱了衣服就要下去。泽华之前说好了一起下水的，此时突然变卦，说不想游了，并且朝我连声喊着："兄弟！兄弟！"竭力拉拢我也不要下水。我才懒得搭理他。

水中真叫人痛快哟！我们全然忘记了尚属暮春初夏，江水温度还比较低。经过了最初短暂的寒冷之后，很快浑身就变得说不出的舒服和自在，好像全身的气血都流畅了起来，全身的筋骨都活动了开来。我们便纵情畅游，且扔掉所有的烦恼，且忘记一切的怅惘。刚才还萦绕在脑中的那些古怪的数学题，那些难记的英文单词，那些云里雾里的化学反应式，此刻都随这流水逝去了；刚才还浮现在眼前的老父亲那佝偻的背影，班主任那盯梢似的目光，此刻都随这流水逝去了；刚才还压在心头的那些莫名的烦恼和无边的忧郁，此刻都随这流水逝去了……真的，我从未感觉如此的轻松，如此的自由，仿佛有千斤重担刚刚从身上卸下了。我时而紧游一阵，时而又慢划一回……柔波在耳边轻吻着，抚摸着，怪痒痒的，怪舒服的。胳膊抬起来又击下去，溅起的水沫，如珍珠般散落。

　　实在乏力了，我干脆仰面躺着，随波逐流。头上，雨后初晴的太阳朗照着，四周什么都看不见。刚才还听到红兵在怪声喊叫，这时也不见其人、不闻其声了，我也懒得去寻他。这时候，周围全无声响，只剩了滟滟的波光，只剩了惝惝的舒畅。我静静地躺着，冥冥中产生了些睡意，冥冥中，自己仿佛从方才喧闹着的世界出走，穿越到了另一个极宏大又静默的所在。偶尔展开臂膀划拉几下，也只为了证实自己的身体还能为我所控制。头上的太阳似乎看出了我的心思，她极不老实，眨着狡黠的眼，似在嘲笑我的痴。我不客气地给水中的她一拳，她立刻便躲开了。等到水面再恢复平静时，她又在那儿怪笑着且满不在乎了。太阳，太阳她也这般的捉弄人哪！

　　也不知过了多久，冥冥中听到红兵在喊："上去吧，快到下午上课时间啦！"我猛的一怔，仿佛从甜梦中被人叫醒。我极不情愿地爬上岸时，浑身已软绵绵没有了一点力气，瘫坐在沙地上，大口喘着气。红兵在一旁又咿咿呀呀起来，似乎还在兴奋之中。泽华呢，他正抱着一本书，漫不经心地瞧着呢。

1986. 5. 3

孩子的心

中午我去学校食堂水管边洗衣服。

这是一块面积不很大的场地，地面是用方块的水泥板铺垫了的，安装了十几个水龙头，专供全校一千多学生洗碗洗衣之用，所以，每天中午和傍晚，这里必是人声鼎沸，人头攒动。

天空仍是没有放晴，吹面微寒杨柳风。真巧，今天来洗衣服的同学竟然不多。空场一角住着几户学校的职工，两三个戴红领巾的孩子趴在屋外的小桌子上做作业，很认真的样子。

好不容易接满一桶水。我把桶提到空地一边，稍作休息。

"江波，看！风筝，好高！"一个穿红衣服的小女孩，对自己的发现惊喜不已，回过头来朝屋里喊着。我禁不住抬起头，真的，好高的一只风筝！它正迎着西北风舞动，仿佛被前面什么东西引诱着似的，拼命想得到它，努力地向前一蹿一蹿，然而，风竭力拖住了它，可它并不气馁，努力地朝前用着力，一蹿一蹿着……它一定很累吧，和那么强大的风抗争；又或者，它很快乐吧，因为搏击在高高的天空，那

是怎样的一种快乐啊！

小女孩注意到了我在望着风筝出神，她怯生生地走过来。

"……哥哥，它叫什么名字？"小女孩憋了好一会儿才问出来。

我有点吃惊地回过头。刚才的注意力都像那根线一样牵到了风筝身上，现在小女孩突然的问话叫我吃了一惊。当看到她那极信任且充满期待的眼眸，我又有点受宠若惊，以至于不安了。

"名字吗？——"我抬头望望风筝，"你看看那花翅膀，大概叫——蝴蝶吧。"

"蝴蝶？——江波，江波，是一只蝴蝶！"小女孩得到了答案，很满意地朝小男孩飞快跑去。

目送着远去孩子的背影，我怅然若失。刚才小女孩那期待和信任的眼光，直叫我发窘。在孩子们的眼里，我们这些大人是什么样子呢？大概小孩都是羡慕大人的，因此他们才盼着自己快快长大。他们怎么知道，长大的人们，却无时无刻不羡慕着孩子呢，不是有人说要找回失去的童心吗？孩子的眼里，觉得大人真带劲，大人的眼里，觉得孩子真有趣，这是为什么呢？为什么人长大了，就会失去孩子的童心呢？为什么我如此害怕长大呢？

而远处的孩子们是多么快乐啊！你听听他们奶声奶气的喊声：

　　　　　　风筝，

　　　　　　下来，

　　　　　　把我搭上天！

　　　　　　风筝，

　　　　　　下来，

　　　　　　把我搭上天……

这是孩子的心。但我不明白，为什么我提着水桶往回走的时候，也希望那风筝下来带我上天去呢？

　　难道，我也有颗孩子的心吗？

1987. 4. 2

晚　行

　　刚下晚自习，我就迫不及待地从教室逃出来，虽然我的同学们都并没有离开。通常，晚自习时间一到，教室就会准时停电，他们就又点上蜡烛，重新开始了挑灯夜战，可是我实在坚持不下去也不愿再坚持了。

　　出来干什么呢？睡觉吗？睡不着。何不到襄江堤上去走走？于是我一个人走出校门。晚行，我从来不需要同伴。

　　寂寞的小巷，淡黄色的路灯昏昏欲睡，远处，似乎有狗的吠声。

　　堤上极少见人，这正是我需要的。我想现在我可以放声歌唱了——平时在学校，只能是小声哼哼——现在我可以放声歌唱了。流行歌自是外行，老掉牙的还会几首。原来不喜欢民歌，现在逐渐有了兴趣。

　　寂静而空旷的江边，只有我低沉的歌声在夜空中回荡。没有听众——哦，有的，有蜷伏在脚下的襄江，还有天上的一轮圆月。"举杯邀明月，对影成三人。"够了，够了。

　　我走下堤，坐在江边的乱石上，这时就忘掉我是一位出来散步的书生了。我似乎是一位游走天涯的倦客，但我绝不寂寞。倾听着江水起伏的潮汐声，月光洒在江面上，像镀上了一层银，偶尔一两条鱼儿跃出水面发出"哗哗"的响声，噢，襄江，在你面前我永远不会寂寞！

"野旷天低树，江清月近人。"这是谁写的？江对面黑魆魆的一带，那里会有谁呢？会有和我一样的夜行者吗？夜空中又有多少游荡的魂灵呢？江面上的航标灯的红光一闪一闪，拉出的长长的光影在一闪一闪中延伸到我脚下，让我觉得温暖。于是我想起，在我的前面，总有那么一点光亮在闪烁，虽然极其微弱，虽然依稀难辨，但是，至少它从来没有在我面前熄灭。我自是微不足道的，但这舞台上既然有了我的一席之地，我就不想把它弃掉，最低的座位的确也是珍贵的。

时间不早了。我重新上堤往回走的时候，迎面碰到一对男女，正亲密地边走边交谈。见有人来，女的拉拉男的胳膊，小声说："我们到堤下去吧。"两个人下去了，絮絮叨叨的声音留在后头。

我知道，他们完全是为了避开我呀。我看来应该内疚，同龄人，如果是因为我打扰了你们，那就 Excuse me 吧。

又是这昏黄的小巷。我紧走慢走。前面过来一条野狗，它先是小心翼翼地挨近我，然后突然一下子就从身边蹿了出去。哈哈，狗胆看来并不大。然而，它没有跑开多远，便驻足回头朝我狂吠起来。

装腔作势的东西，我何必去理它。生活中的小人时时都有，大概都像这狗。

回到学校，教室烛光依旧。想到我的同学们还在挑灯苦读，而我却逃到外面偏安一隅，就多少有点惭愧，多少有点不安了。

1987. 4. 13

高考拾零

一、上馆子

我们是 7 月 5 日下午包车到竟陵的。到达驻地——县建材公司招待所的时候，同学们顿时兴奋起来，大包小包，拎的拎，背的背，扛的扛，叽叽喳喳挤下车来。毕竟都是年轻人，虽然是来参加高考，但很少有紧张不安的脸。

在门口等了好半天，才有人招呼我们进去。我们五个人——周昌明、谭代雄、胡习兵、刘早红和我，分在同一间房，四楼一号。

放下了行头，才感觉浑身又软又乏，肚子里也唱起"空城计"了。然而，今天招待所不管饭，我便邀胡习兵去外面吃点东西。

我们信步向东。刘早红在后面追上来了，好吧，正好"三人行"，但不知有否"吾师"呢？

前面有好几家馆子，几个妇女——中年的和老年的——站在门口殷勤地招揽客人。我们嘀咕了一会儿，便进了一家写着"国营××"

的馆子，为的是国营的不会上当受骗，而且，我记得八四年中考来体检时，我曾在这家馆子里吃过一次，似乎还不错。

先在门口点了三个菜，炒干子、炒青菜、杂烩汤——都是几毛钱的小菜。我既对同伴说了以前在这儿吃过，便东道主似的，自告奋勇拿了三块牌子，到后面去叫菜。两个青年女子，一个切菜，一个掌勺，掌勺的接过牌子，又顺手丢过来两个："这两个菜到前面去买。"便给我一个冷冷的脊背。

我茫然地转回来，刘、胡二君正漫不经心地在大厅里东张西望，一个老妇，在门口悠然摇着扇子。我走上去小心地递过牌子：

"这个……"

老妇接过横竖看了好一会儿，才慢吞吞地说："青菜？没有了，叫后面现炒吧。"一边站起来，给我盛了一碟干子。

"怎么样？"胡君走过来。

我无奈地摇摇头，又重回后面去。

"怎么？"做菜的女子皱皱眉，粗声问道，并没有看我一眼。

"前面说，青菜没有了。"我嗫嚅着。不知怎的，我有点害怕这女人。

"牌子放在这，到前面去等。"

我留下牌子，逃也似的出来。额头竟出汗了。

"做好了？"胡君走过来。

"正做呢……真真见了鬼！"我说。

刘早红在一边，一直不说话。

菜，终于端上来了。杂烩汤，浮着几片白白的肉；青菜，确切的应该叫黄菜；干子呢，早冷冰冰的没有一丝热气。

老妇走过来安慰说："大热天，吃凉的好。"我苦笑着，算是对老妇"善意"的答谢。

"这叫什么菜?"一直不作声的刘君终于开口了,口里还带了句粗话。

胡君边嘀咕着边飞快地吃。而我,肚子里不知被什么塞满了,再没了食欲。

二、打电话

高考四天(第一天休息)最有趣的是打电话。建材招待所有好几处电话,开始,我们只在传达室打来打去,门房老头儿不高兴了,在一旁嘟嘟哝哝,语气近于哀求,我们便不好意思和这样一位老人家作对,便转移"阵地"了。另一处是一位中年妇女值班,人很随和。我们便放开胆子,胡乱拨个号,管它通也没通,就开始自说自话:一会儿是电厂球队到商场订购十套运动衣,一会儿是县机关幼儿园到书店购置一百套幼儿图书……当然,更多的还是同学之间互相嬉戏逗骂。

7号那天吃午饭后,我们班同学聚在六楼会议室里,听老师做考前指导。谭代雄君——一个聪明顽皮的大孩子——突然从外面钻进来,拉我出去,我问他什么事,他只是微笑着,一副很神秘的样子,我便和他偷逃出来。

"快,去接电话,我和丹丹打通了!"谭君抑制不住内心的兴奋。

"谁? 丹丹是谁?"我一头雾水。

谭君因为自己的唐突而笑了,他告诉我,他胡乱拨通了一个号,是一个小女孩接的电话,她叫鲁丹,只有六岁,刚上实验小学。"一个活泼可爱的孩子,有趣极了!"谭君兴奋地说。

我便和他飞快跑下楼。正好，传达室老头儿到外面摇巴扇去了。谭君小心地接通了电话，果然，话筒里传来甜甜的童音。

谭君把话筒递给我。

"你是谁呀？"我问道。

"嘻嘻……刚才都告诉你了嘛！——哦，又是一个人，嘻嘻嘻……"小女孩的确是天真可爱，完全没有一点怯意。

"我叫丹丹，嗯，鲁丹。你是谁呢？"丹丹反问我了。

"我吗？你叫大哥哥好了。"丹丹"咯咯"地笑起来。

"喂，丹丹小朋友，我问你几句话可以吗？"

"可以呀！"

"你几岁啦？"

"六岁。"

"上学了吗？"

"在实验小学，一年级。"

"我想，你成绩一定不怎么好吧！"我故意逗她。

"哼！"丹丹应该噘起了小嘴巴，"告诉你，我在全班是——是——'状元'呢！"似乎费了很大劲，小女孩才说出"状元"二字。

"好厉害呀，小丹丹！"

我笑了，把话筒还给谭君。谭君又说了几句"希望""用功""听话"之类的话，便和小丹丹再见。

我们返回楼上，脑子里还在回响着小女孩的童音，那天使般的声音！

三、"佳美!"

我们四楼一号寝室总是最热闹的,因为谭代雄和我都是闲不住的。在这里,流行用语、流行动作不时诞生,一会儿是"老头子",就是互相都用"老头子"称呼;一会儿学前清遗老的模样——这还是本人发明的呢。服务员刚送来茶杯茶瓶的时候,我倒了一杯茶,端在手里,忽然想起电影中的镜头,便决定把它模仿出来。

我慢慢挨着胡习兵君坐下,学着清朝老官吏们喝茶的样子,一边用茶盖轻轻在杯沿上轻刮几下,一边扭头很神秘地对他说:"听说皇上龙体欠安……"待寝室里人明白过来,都笑得前仰后合了!大家便竞相模仿。后来,这个动作还流行到别的寝室去了呢。

不过,影响最大的还是谭代雄君的"佳美"。"佳美"自然是女人的名字,自然是谭君捏造的假名。

原委是这样的。这天中午,谭君坐在床前,抱着个枕头,百无聊赖中,突然灵机一动,便演起话剧来。他把枕头当婴儿,一边在怀中轻轻拍着,一边大声叫起来:"佳美!佳美!这死人,娃儿要吃奶了,还不来喂!佳美!佳美!这懒婆娘,饭还没烧熟?"佳美自然就是他的"妻"了。

谭君装着发怒的丈夫,兀自喊叫,却引来了好多莫名其妙的同学,纷纷赶来探问怎么回事。

佳美的"芳名"就此传开了,后来两天,满楼都是"佳美、佳美"的喊声。

我想,这样的事虽有点无聊,但在紧张的高考期间,又给我们带来过多大的欢乐啊！即使多年以后，老同学携儿带女，重聚一起时，提起这些往事，又会引起多少快乐的回忆呢！

四、在饭厅里

吃饭是八人一桌，人都分配好了的，只有吃早餐时可以随便组合坐。我记忆中的餐友依次是：刘欣善、刘早红、谭代雄、徐水娥、罗静月、周昌明、周琴善。

饭厅里发生了一件事。

6 日早餐时，肖云华君不小心打破了一个碟子，这刚好发生在因为早点质量低劣，同学们怨声载道之时，班主任马老师便疑心肖君是有意发泄，于是怒火中烧，大声训斥肖。可怜老实胆小的肖君，被老师突然发作的暴风骤雨吓呆了！怔怔地立在原地，状若木鸡。直到同学们吃完离去，有人拉他一把，他竟木然不动，口里喃喃着："赔就赔，赔就赔……"

我猜想，老师发这么大的脾气，倒不是因为摔碎碟子是有意还是无意，也不是因为碟子有多贵重。摔碎人家的东西，人家说不定认为我们缺乏管教，对我们就有了不好的印象，而这么一顿大声训斥，自然就是做给人家看的了：瞧，我们的学生管得多严！老师也是用心良苦啊。

五、回来的路上

考试终于结束了。回校的时候，由于归心太急切，我们（二）班同学坐到（三）班的车上了。本来，（三）班同学到我们车上去，这样互换一下也没有什么，但马老师硬要我们换回来，同学们尽管挤得汗流浃背，也只得执行命令。

车快要开出竟陵了，突然有人招手停车。车门一开，挤上来个陌生青年。

马老师厉声要他下去，青年人哀求道："我有急事——"

"不行，这是包车！"另一位老师说。

青年人继续哀求着。

"算了吧，就一个人，车上又有空位……"班长钟鸣解围说。

"什么？你说什么？"马老师对钟鸣吼道。

青年看到不对劲，只得怏怏地下去了。钟鸣君面红耳赤，坐下来好久不言语。

"可怜什么，年纪轻轻的！"马老师猛吸一口烟，扭过头瞪着眼。

一路上，车上再没有人说一句话。

哦，回来的路上，空气多沉闷！

1987.7.31

父 亲

直到天黑下来，风还没有歇。

停电了，屋子里陷入黑暗的包围之中。我静坐在灶前，倾听着外面忽远忽近呼呼的风声，这时候，在黑暗中，就更感受到它那粗野的狂劲，似乎有惊涛骇浪从四面八方向小屋扑来，我的心，也不止一次被溅起的飞沫所震颤……

而油灯还未点上，父亲还未回来。

很晚，门外才传来那辆破自行车的"吱吱"声，他回来了。我神经质地跳起来，慌着去把油灯点上。

"没有来电？"

"停了。"

"吃了吗？"

"吃了。"

"姐姐她们呢？——吃了？"

"嗯……又上夜班去了。"

没有亲人欢聚的那种热烈气氛，一问一答，和屋外的夜色一样清冷。父亲和我单独在一起时，总是这样，都没有太多话。

沉默着，父亲放下车子，很快舀水洗了把脸，便去揭开锅。我记得他中午只吃了半碗饭，一直在地里忙到现在，怎么不饿呢！

父亲去揭开锅。我这才想起来——饭早已盛起来了。刚才还默记了好多遍，父亲一回来就去热饭，怎么忘了呢？我暗暗责备着自己。

这时候，父亲略迟疑一会儿，就过去烧箕里撮了一碗饭，顾不得冷热，便蹲在一旁吃了起来——不！准确地说，应该是吞起来，狼吞虎咽，为饥饿者所特有。

这一刹那，发生得那么突然，我有点不知所措。而当我醒悟过来时，一面感到我对慈祥的上帝所犯下的滔天大罪，一面带着负罪感，慌慌张张去点燃灶，热菜，热饭。我做着这些的时候，偷偷地瞟了瞟父亲。我看见父亲凝视着我的忙碌，嘴唇嚅动了好几次，却终于什么也没说。

而我的心，早已经十分激动和不安了。和着不安地跳跃着的煤油灯，父亲放大的身影印在墙上，也不安地一闪一闪……

风，终于歇息下来。

我就站在父亲的背后，默默地看着他吃。这时候，我多么希望父亲的筷子伸进那碗盛腊鱼的碗里——这是我们这顿饭最美味的一碗菜了——每当我的希望成为事实时，我是何等的满足，何等的惬意！……不知不觉，我陷入往事的回忆中，墙上跳动的父亲的影子，使我记忆的阀门，一下子被冲开……

他是这样一位忠厚慈爱的农民，一位习惯把对孩子们的疼爱化为无言行动的父亲。我想起那一刻——六岁的我坐在他腿上，央求他告诉我一寸有多长，他用正吃饭的筷子给我比画着，那时候，母亲还没有去世；我想起那一刻——他把汗湿了的绒裤搭在肩上，背着我走过六十多里坎坷不平的泥路，送我到沔阳亲戚家去寄养，那年我七岁，母亲刚刚死去；我想起那一刻——他送我到新堰读初中，不小心自行车翻在麦地里，他急急地爬起来，顾不上擦去嘴唇因磕破而流出的血，一面负罪似的问我摔着没有，一面为我拍着身上的泥土，又极心疼地扶起自行车，仔细查看，生怕摔坏了哪儿，其实那辆自行车不过是堂兄淘汰下来给父亲的，早已锈迹斑斑，可他却宝贝儿似的；我想起那一刻——初三时他领着我到武汉配近视眼镜，从汉口客车站下车后不知往哪走，赔着笑脸向一个城里人问路，谁知那人头也不抬，脚也没停，只是从鼻子里哼一声，表现出极不耐烦、极鄙视的样子，父亲那苦楚的脸上顿时现出尴尬之色；我想起那一刻——父亲从岳口中学领回我的大学录取通知书，还没进门就冲我嚷着："通知书来了！通知书来了！"我看到录取院校是中医学院，心里顿感失落，那是我根本没有填报的学校啊！可兴奋中的父亲一点也没察觉，就又冲出门各处报喜去了……这些，这些，都清晰牢固地印在我童年的、少年的、青年的记忆里，几乎成了心灵深处父亲形象的定格，让我永生都不会忘记。

　　是的，我不会忘记我的父亲。母亲去世后，家道极其艰难，父亲一个人拉扯我们姐弟仨，才三十出头的他此后一直没再续弦，他那份孤独与寂寞又有谁知？记得有一次，有好心人给父亲介绍位邻村的妇人，父亲似也动了心。一天晚饭后，一家人坐在家门口纳凉，父亲随口问我们一句："想给你们找个后妈呢！"我们姐弟仨都不吭声，父亲从此没再提此事，大约他以为我们不同意吧，或是认为我们的沉默至少是一种不乐意吧，其实我们只是不知道如何回答罢了。

　　小时候，我对他总缺少理解，不是嫌他做不出别人家好吃的腌菜，就是嫌他顿顿给我们煮南瓜红薯；不是嫌他说话太笨，就是嫌他穿得太不体面。逢年过节，偶有亲戚来家里走动，进门后竟然无处落座，因为家里连把像样的凳子都没有，于是没说上几句话，就找借口匆匆告退。我便又怪他太老实无用，不会待客，不会留客人在家里吃顿饭，觉得很没有面子。

作为家里唯一的男孩，父亲对我寄予很大希望，总盼望我能出人头地。从初中到高中，他对我说得最多的两句话，一句是"万般皆下品，唯有读书高"，另一句是"劳心者治人，劳力者治于人"。我那时总听不进去，暗笑他的思想老套和封建。……唉，每想到这些，心里就有一种隐隐的痛！

……

我正沉思着，父亲已经吃完了。他转过身，看我还站在那儿。

"还没有去睡?"

"嗯——"我回过神来。

"去睡吧。"

"嗯。"

我抬起头，望着父亲那干瘦如柴的脸，那慈祥而平静的目光，真想像小孩子似的，扑到他怀里大哭一场！

1990.3.16

孤 独

在阴雨凄凄的黄昏，你百无聊赖地躺在床上。没有人来敲响你的房间，也实在不知道有什么事可干，一本旧杂志放在床头，那不知被翻了多少遍了。静听雨声，它一滴一滴地落在你心田。

此刻，你会强烈地感到什么？

孤独！

但假如，此刻你刚刚做完一项计划多日的工作，刚刚看完一场精彩的电影归来，或者，朋友们在你家中进行了一场快乐的聚会后刚刚离去，他们的欢声笑语还在你耳边萦绕。

此刻，你的感受就会截然不同了。工作后觉得轻松与满足，看完电影后你还在对主人翁的命运做出种种猜测与探讨，而朋友们的到来给了你无穷的精神慰藉。

虽然还是在阴雨凄凄的黄昏，还是你一个人静静地躺在床上，前后的感觉却是完全不一样。

孤独绝不是在只有你一个人的时候才产生的。它是在你失去了生活的信心与勇气之后，在你面对困难一筹莫展的时候，在你失去了一份真挚的友情之后产生出来的。

它是在你的心灵找不到归宿与依靠之时产生出来的。

孤独从来不是他人给予的。它是我们从身外走进灵魂深处的一条歧途。它彻头彻尾是我们自己创造出来的东西。

人生是无常的，每一个人的一生都可能遇到不幸与挫折，因此不可能不遇到孤独的时候。

有的人善于利用孤独，来反思人生与自我，在艰难的人生道路上奋力前行。

有的人在孤独中消沉与颓废下去。

我们，正拥有青春的朋友，自以为对孤独的感受最深刻的每一个朋友，该怎样来面对孤独呢？

1990. 8. 17

谭君印象

暑假我们去童华家玩，意外地见到了谭君。

我们去的时候，谭君正抱着一把吉他忘情地弹唱，一听到我们的声音，便孩子似的迎出来。

谭君是一个调皮而灵气的大男孩，一米八的大个，让我们在他面前倍感压抑。上帝大方地赐给了他一个聪明的脑子，使他不费吹灰之力，就轻而易举考入了赫赫有名的武大。

说起谭君的顽皮，那是尽人皆知的。上高中那阵，他真是在学校出尽风头。他常冷不丁地使些怪招，比如，夏天他敢穿条三角裤，上面一条长背心罩下来，在教室里学着时装模特忸忸怩怩地来回走动；他敢堵在教室门口，四肢撑开，让那些胆小害羞的女同学小心翼翼地从身边侧身挤过。

可谭君绝不止于顽皮这一层，他能在学校的演讲比赛中拿冠军，能参加全省作文竞赛，在学校元旦联欢晚会上常常以一支优美的民歌博得满堂喝彩。

谭君爱玩，且能玩出名堂，这就是他比别人活得潇洒的一层。

我和谭君初中时便是同学，且和他有些交往，对他有所了解。初中时他还是个小不点，穿着打了补丁的旧衣服，一副可怜兮兮的农家孩子模样。

上了大学后，我总共只见到了他四次。第一次是刚进大学不久，我到武大找他，第二次是他到中医学院找我，再一次是在岳口搭车返校时偶然遇到的，最后便是这次了。

我有一种感觉，谭君的内心隐藏着几分让人不易察觉的忧郁，尽管表面上他还是那样洒脱和放荡不羁。

记得那次我去武大看他是 1987 年冬天，那时他和 L 正谈恋爱。L 是我们初三时的同班同学。我们一起谈起 L，回忆起初中的情景，心中都有些莫名的惆怅。而谭君因为初恋的缘故，脸上挂着几丝兴奋。我知道，谭君上高中后就开始追她，虽然两人不在同一学校，但彼此经常通信。

后来谭君不知怎么就和 L 分手了。那回他撞到我们学校也正是冬天，我用啤酒招待他，我们边喝边聊。他说他跟 L 越来越谈不拢了，两人天各一方，仅靠几封信培养不出感情来，于是干脆提出分手。他又对我说起一个女孩，是他们在一次郊游时偶然碰到的。他们同班的几个同学围着一朵花，都不认识，便胡乱瞎猜，一个女孩走过来说出了那朵花的名字，然后翩然离去。没想到她从此让谭君食不知味，卧不能眠，朝思暮想。但彼此并不认识，又没有留下联系方式，茫茫人海之中，哪里去寻找伊人的情影呢？谭君说着说着，是一副十分惋惜的样子，望着窗外，略有所思。我便劝他别把自己弄得太浪漫了，人还是现实点好。他颇不以为然地说："可是那个女孩太出色了，我怎么能放弃她？不！我一定要找到她！"

我笑了，便不再作声，两人只是沉默。那回的酒是特别的苦涩冰冷。我们勉强喝了小半瓶，就再也咽不下去了。

送他走的时候，我又问他：和 L 真的不可挽回了吗？

"是的！"他做出一副满不在乎的样子，可我分明看到了他眼角掠过的一抹阴影。

我便相信嘻嘻哈哈的他，内心也是这样忧郁的。

唉，忧郁像一种传染病，正吞没着一颗颗年轻的心。

那次和他分别后，我便一直在想，谭君会不会因为生活中的某些不顺和打击而从此消沉？入学初，谭君满怀信心地打算着考研究生，打算着出国留学。一年后再问他，却只是摇头，决计退却的了。我担心，他会不会从此沉沦下去？

事实证明我的担心是多余的。这次在童华家见到他，发现他那双神气的眼睛里又满是自信了。他说他正在竞选武大学生会主席。我问他有几分希望，他说希望不很大，因为学校并不大支持高年级学生担任主席职的。但只要还有希望，就不会放弃。我在心中暗暗佩服他，为他的重新崛起而高兴。

至于他和那个女孩的下文，我没有再追问下去。我想作为年轻时一个美丽动人的梦，如果深藏在心，也许尚能保留住它最初的朦胧和芬芳，如果别人经常把它翻出来，这一份朦胧与芬芳会逐渐消失的。

谭君酷爱文学，同时涉猎音乐与绘画。他的诗歌曾在武大一年一度的樱花诗会上获奖，其漫画也在学校出过专辑。

以前我们在一起时常拿出各自的诗作进行交流、评论。那时我觉得他的诗和他的人一样，轻灵而机智，不像我写的诗，过于凝重而伤感。

谭君就是这样一副有棱有角的模样，一种极富个性的性格，给人很强烈的感染力。虽然我不能确定他今后会干出什么轰轰烈烈的大事，但以他的聪明和不落俗套，无论生活在哪里，都会是一枚不安分的石子，在我们平淡沉闷的生活中荡起一层层涟漪。

1990. 8. 23

虫·我·命运

　　木呆呆地歪在椅子上，呵欠一个接一个袭来。什么时候形成了这样的条件反射，走进教室便昏昏欲睡。

　　似梦非梦之中，突然，一只小甲壳虫"啪"的一声掉在我的桌子上。我没注意到它从何而来，但我显然不高兴了：这小东西，竟敢惊扰老夫的美梦！我恼怒地用笔尖在它背上只一点，它立马收回脚爪，死物一样一动不动了。

　　噫？这厮倒挺会装蒜！也不知道有多少蠢物上过它的当，在不知情中放过了它，可惜这回可是落到我们人类手上了，可有你好瞧的！

　　我窃笑着，睡意全无，兴致突增，决定好好戏弄它一番。

　　手掌只轻轻在桌上一拍，小东西就脚朝天背朝地了。这下它可顾不了装死装活，伸出腿来在空中乱蹬乱踢，拼命挣扎着，试图将身子翻过来，却是白费力气。

　　到底不是我们人类的对手吧，笨东西！

　　我假意放走它，刚将小虫翻过来，它撒腿就跑。我淡定地看着它仓皇出逃，仿佛如来佛看着在手掌上扑腾的孙悟空。它急急地爬着，有时又停下来，用爪子探探，好像怕前面有地雷一样，那副傻傻的样

148

子，让我忍不住要笑出来。眼看要到桌边了，哪里逃！我手指只一点，它便又"死"在那里了。

一丝莫名的惬意袭上心头。小甲虫固然也是一条生命，它的生死却掌握在了我的手里。假若它不掉到我的桌上，谁知道它此刻在什么地方自由自在地逍遥呢？或许正美美地享受着一顿丰盛的大餐，或许正甜甜地腻在妈妈怀里打着盹儿，或许与爱人正卿卿我我……总之，此刻，我成了它生命的主宰。命运真是让人捉摸不定，翻手上天，覆手入地，而命运被他人操纵，这又是怎样的一种悲哀啊！

我突然想到我自己，我的命运又为谁操纵呢？谁会像我戏弄这只小虫子一样地戏弄我呢？如果是这样，那该多么可怕啊！

命运原本是自己把握不了的。席慕蓉也认识到这一点，因此她的诗里满是宿命的气息。"如何让你遇见我/在我最美丽的时刻　为这/我已在佛前求了五百年"；"人若真能转世/世间若真有轮回/那么，我的爱/我们前世曾经是什么"；"一定有些什么，是我所不能了解的/一定有些什么，是我所无能为力的"。她的这些句子，我每每读来都感伤不已，觉得命运是如此捉摸不定，似乎总被一只无形的手所掌控，就如同眼前的小甲虫。

想到这，我顿时心中一颤，我竟然和这只小甲虫是同命人。

我不觉开始同情起桌上的小虫来，因为我同情我自己。

小虫在我的纵容下终于逃遁了。

可是，谁又会这样仁慈地对待我呢？

命运也会这样宽容我吗？

这真是个谜。

1990.9.27

后　记

　　中国有千千万万的文学爱好者，我算是其中一个。我是从初中开始对文学产生兴趣的。记得语文老师姓龚，每天早自习都会教我们背一首唐诗，并且还给我们每位同学购买了一本《唐诗三百首》。他一笔一画地在黑板上抄诗，用不太标准的普通话领着我们背诵的场景，至今想起来，都仿佛是昨天刚刚发生的事情。上高中后，有了写作的冲动，开始在塑料皮套的笔记本上涂鸦，主要写现代诗，也写散文，甚至还写过小说。不消说，那些东西现在看来都是极为幼稚、可笑，毫无艺术性和文学价值的，但对培养我对文学的兴趣，以及对提高文字能力来说还是奠定了良好的基础，这种情况一直持续到我上大学。

　　我大学读的医学，与文学毫无关系；毕业后误打误撞从事了体育教育，也与文学毫无关系。毕业后二十多年，我竟没有买过一本文学方面的书，没有写过一个字，似乎我从来没有与文学谋过面，我们彼此完全两忘。直到2013年底，高中同学建立了微信群，并相约来年初举办入学30周年聚会。30年来第一次同学聚会，让我内心无比激动并充满了期待，突然想到要写点什么，于是就有了《我想着这一天》，于是就有了后面的一发而不可收，于是就有了这本书。

　　我把这本集子分为三辑，第一辑主要是一组回忆童年生活的散文，我曾把这一辑称为"光阴"。第二辑主要是近年写的一些抒情散文、回忆、游记、读书笔记、杂文等。第三辑是从学生时代写的那些垃圾中扒拉出的几篇，虽然质量很低，觉得还勉强可读，更主要是我觉得这样才能更加完整地反映自己的写作历程。还有一个原因，从某种意义上说，这本小册子是为了纪念我的学生时代，所以，请原谅我固执地将某些文章收入其中。

　　在文学日渐式微的今天，绝大多数人，特别是青年人并不怎么关心文学了，更不消说喜爱。而在我们那个年代，以及比我们更早的年代，"文学青年"是个特别时髦的词，受到大多数青年的追捧。今天这个时代，是以科学技术的日新月异和物质的极大丰富为标记的，客观上说，在社会财富快速积累时期，人的物质化可能无法避免，精神领域的发展就会相对滞后，但这种状况终不可持续，需要进行引导，因为，精神生活毕竟是多少物质都无法填补的。

　　所以，"诗和远方"，绝不只是口号，只是愿望或憧憬，更应该是行动。所以，我敬佩那些仍在文学艺术中执着坚守的人。

　　这是我的第一部作品。它注定是平庸的，因为它的作者是如此平庸。对一个平庸的中年人来说，写作的全部意义也许就是可以尽情享受一种精神上的快乐和满足。如果还能让我对人生有所领悟，就已经是上天对我的格外眷顾了。

　　感谢我的同事、领导黄景忠教授和我的同学、好友罗泽华先生热情地为本书作序。黄教授兼任着潮州市作家协会主席，是研究现代散文的知名学者。黄教授用专业的眼光，透过文字的表象，提炼出了文字背后的一些内核，其实这些我自己都没有思考过，只是不经意间流露在文字里了。当然，可能碍于同事的情面，黄教授对作品的评价有过高和溢美之嫌，我其实很有些汗颜的。罗泽华先生作为一家国企的老总，工作无比繁忙，但他一直在鼓励我写作，每篇文章他都会认真阅读并提出修改意见，从某种意义来说，他是这本书的催生者。两位先生，一个从学术出发，试图挖掘出作品的若干价值内涵（如果还确实存在些许价值的话）；一个以情感为线索，去追寻作者的心路历程。令我惊奇的是，两人最后竟然殊途同归：最终指向关于"过去、现在和未来"和"从哪里来，到哪里去"的人生思考。两位先生的思考如此高度契合，我不认为这只是巧合，倒觉得是"英雄所见略同"吧。

还要感谢我的同事、文学院杨庙平博士，他认真阅读了初稿，并提出了很多中肯的意见。

2018. 1. 13